TAKE
SHOBO

冷徹王は
秘密の花嫁と娘を取り戻したい

遠き楽園の蜜愛の証

クレイン

Illustration
すがはらりゅう

contents

イラスト／すがはらりゅう

冷徹王は
秘密の花嫁と
娘を取り戻したい
遠き楽園の蜜愛の証

プロローグ　楽園追放

――人生とは、諦めが肝心である。


フロレンシアはいつも、自らにそう言い聞かせながら生きてきた。

生家であるコンテスティ伯爵家が父の投資の失敗で没落し、貧しい生活を送ることになった時も、祖父よりも年上の公爵に見初められ、実家への援助と引き換えに嫁ぐことになった時も、さらにはその嫁ぎ先である公爵領へ向かうために乗った船が、突然座礁して沈没した時も。

――『仕方がない』とフロレンシアは思った。

人生とは結局、どれほど足掻こうが、なるようにしかならないものなのである。

ならば最初から期待をせずに諦めていれば、傷付くこともまた、少なくて済む。

努力も忍耐も、そう簡単に報われたりはしない。

自分の力ではどうにもならないことが、この世界にはままあるのだ。――だが。

「あー！　お母さまー！」

フロレンシアの姿を見つけ、嬉しそうに飛び跳ねながら手を振ってくれる、愛しい娘。

常に流され後ろ向きに生きてきたフロレンシアが、唯一諦めることを拒絶した、宝物。

今日も娘は天使だ。そのクルクルと良く動く賢そうな紫水晶の瞳も、ふっくらと盛り上がった頬も、ぷるぷると瑞々しい桃色の唇も、頭頂部に光の輪を作る艶やかな黒髪も。

娘を讃える言葉は、フロレンシアの中で尽きることがない。

いつもならばフロレンシアも、飛び跳ねながら手を振り返し、それでは足りぬと全速力で走り寄って娘の小さな体を抱き上げぐりぐりと頬擦りをして、その滑らかで柔らかな感触を堪能する場面であるのだが。

「エステル！　その人から離れなさい！」

娘と手を繋ぎ、歩調を合わせてゆっくりと歩いてくる、その男。

彼はフロレンシアの上げた鋭い声に、僅かに目を見開く。

理知の光を宿す形の良い紫の瞳、艶やかな黒髪。彫りが深く、完全に左右対称に整った美貌。

彼の持つそれらは、色味の薄い金の髪に、冷たい氷を思わせる薄青色の目を持つフロレンシアよりも、余程娘との血のつながりを感じさせる。

「……随分な言い様だな。フロレンシア」

普段偽名で生活しているため、人から本名を呼ばれるのは久しぶりだ。そして男はエステルから離れるどころか、まるで見せつけるようにその小さな体を愛おしげに抱き上げた。

って　いる。――――やはり、何か感じるものがあるのか。

「………………！」

普段人見知りで警戒心が強いはずの娘が、暴れることもなく、素直に彼に抱かれるままとなっている。――――やはり、何か感じるものがあるのか。

フロレンシアの胸が、切なさできゅうっと締め付けられた。

「あのね、お母様……。このお兄ちゃんがね、お母様を捜しているっていうから」

普段穏やかな母の、ただならぬ雰囲気に驚いたのだろう。エステルの目に怯えが走る。

フロレンシアは、大きく息を吐いて、なんとか心を落ち着かせようとした。

何も知らない幼い娘を、怖がらせてどうするのだ。しっかりしなくては。

「……ねえ、エステル。お兄ちゃんではなく、どうかお父様と呼んではくれないか？」

すると男は、腕の中にいるエステルの目を覗き込んで、小さく微笑みながらそう言った。

それを聞いたエステルの目が、驚きで大きく見開かれる。

「……お兄ちゃん、エステルのお父様なの？」

「ああ、そうだよ。エステル。私の可愛い娘」

フロレンシアは小さく唇を噛む。それは確かに事実だった。

だが、母であるフロレンシアに何の断りもなく、勝手に幼い娘に伝えないでほしかった。

娘に父親のことをどう伝えたら良いのか、フロレンシアはずっと悩んでいたというのに。

「……離して」

だが一方的に知らされた事実に対し、娘の口から溢れたのは、それまでとはがらりと変わった、冷たい拒絶の言葉だった。

エステルは激しく暴れると、驚いて力を緩めた男の腕から抜け出し、フロレンシアに走り寄ってから男に向かい合い、庇う様に両手を広げた。

「こないで！　あなたなんて嫌い！」

その突然の拒絶に、男の目が驚きで見開かれる。

「だってエステルのお父様は、エステルがまだお母様のお腹の中にいる時に、お母様のことを捨てたひどい男だって、隣のセルベアさん家の奥さんが言ってたもん！」

必死に男を追い払おうと、娘は精一杯彼を睨みつけ、声を張り上げる。

「早くここからいなくなって！」

娘の頼もしい背中に思わず目頭を熱くしつつも、お隣のセルベアさんの奥さんはこんな小さな子供になんてことを言うのだと、フロレンシアは頭を抱えた。

世話好きで悪い人間ではないとは思うのだが、どうにもこうにも噂好きで、さらに話の内容の信憑性が非常に疑わしい、という困った人だ。

おそらくどれほど問い詰めても、フロレンシアがのらりくらりと躱して頑なにエステルの父親のことを話さないので、業を煮やし勝手に邪推したのだろう。

彼女に対しそれなりに警戒はしていたのだが、まさか娘にそんなことを吹き込んでいたとは。

己の迂闊さを反省しつつも、フロレンシアが男を恐る恐る窺い見れば、彼はなにやら悲嘆に暮れた顔をしていた。目が若干涙で潤んでいる。余程娘の言葉が衝撃的だったのだろう。

眉の垂れたその顔があまりにも情けなくて――懐かしくて。

フロレンシアは一瞬言葉を失い、それから小さく吹き出して笑ってしまった。

そうだった。見栄っ張りで格好付け屋の彼は、本当はとても泣き虫なのだ。

くすくすと小さな声をあげて笑うフロレンシアを、男は眩しいもののように、目を細めて見つめる。

(……大丈夫そうだわ)

――どうやら彼は、余程娘に嫌われたくないらしい。

エステルは甘えん坊で、五歳になった今でも、母であるフロレンシアにべったりだ。

よって、そんな母娘を引き離すような真似をすれば、娘に嫌われることは必至である。

彼にとって、それは絶対に避けたい事態だろう。

無理矢理娘と引き離される、といったことにはならなさそうだ。フロレンシアは安堵する。

「お母様とエステルを捨てたくせに！　はやく出てって！」

エステルがその小さな体をブルブルと怒りで震わせながら、果敢に男を糾弾する。

(……別に捨てられたわけではない、と思うのだけれど)

確かに夫婦のように過ごした日々があったが、それはただどうしようもない状況によって、同じ時間を過ごしただけの、刹那的な関係でしかなかった。

当時フロレンシアの腹に宿っていたエステルの存在も、彼はあの時、知らなかったはずだ。

男の紫水晶の目は、娘（エステル）に侮蔑を含んだ鋭い視線を向けられて、今にも涙が零（こぼ）れ落ちそうなほどに潤んでいる。

娘よ。これ以上はやめてあげてほしい。あなたのお父様が本当に泣いてしまう。

少々心に余裕ができたことで、今まさに捨てられる子犬のような表情をしている彼が可哀想になってしまったフロレンシアは、エステルの前に歩み出ると、しゃがみ込んでしっかりと視線を合わせる。

娘のためにも、彼のためにも、この誤解は、ちゃんと解いておかねばなるまい。

母の顔を見て、緊張からか、わずかに涙ぐんでいる娘の瞳に、安堵の色が広がる。

「エステル。お父様はひどい方などではないわ」

「……本当に？」

「ええ、本当よ。大体お母様が、一度だってそんなことを言ったことがあったかしら？」

エステルは少し考え込んでから、素直に首を横に振った。

「……ううん。お母様はそんなこと、言ったことない」

フロレンシアは、エステルから自分の父親の話を聞かれた際、「素敵な人だった」とだけ伝えていた。正直なところ、それ以上に詳しい情報を自分自身も知らなかったからでもあるが。

「そうでしょう？　お母様を信じてちょうだい」

そう言ってフロレンシアが微笑み、両腕を羽のように広げれば、その胸にエステルが躊躇なく飛び込んでくる。

触れ合った肌から感じる、子供特有の少し高い体温と速い鼓動に幸せを感じながら、娘を抱き上げて、フロレンシアは男に向き直り、頭を下げた。

「娘が大変失礼なことを申し上げました。お詫び致します」

すると娘も母に倣い、その小さな頭をぺこりと下げた。

「ごめんなさい……」

二人からの丁寧な詫びを受けて、男は、ゆっくりと首を横に振る。

「……いや。エステルの言う通りだ。確かに私はこれまで、君たちのために何もできなかったのだから」

その顔にあるのは、深い悔恨。

そう、この人は、ちっともひどい人などではなかった。むしろ優しく公正で、傷付きやすく、真面目な人だった。

だってフロレンシアが唯一、心から愛した男なのだから。

「お母様に、ひどいこと、しない？」

だがそれでもしっかりと念を押すエステルの言葉に、彼はしっかりと頷いて見せる。

「──ああ、絶対に」

かつて彼と過ごした日々を思い出す。どれもこれも、幸せな記憶ばかりだ。

遠く離れることになっても、フロレンシアは彼自身になんの恨みも特になかった。

それどころか彼は、フロレンシアに宝物を与えてくれた。

──これ以上、彼に望むものなど何もない。

そう思ったフロレンシアは、微笑んでみせた。

「当時は色々とご事情がおありだったのでしょう？　私は何も気にしておりません。ですからこれまでのように、私たちのことは、ここに捨て置いてくださいませ」

彼と離れ離れになってから、もう六年だ。当時腹の中にいた娘が、大人顔負けの達者なおしゃべりができるようになるほどの、長い時間が流れてしまった。

けれどその間、フロレンシアはちゃんと幸せだった。もちろん苦しいことも辛いこともなかったわけではないが、明確な守るべき者の存在は、どこか無気力に生きていた彼女を強くした。

だからこそ、出会ったあの日から今に至るまで、フロレンシアが、娘の父親である彼を、恨むことはなかったのだ。

そしてフロレンシアは、今更、彼の援助も存在も必要としていない。

「──あら？」

だが、一体何故だろうか。目の前の男は、さらに絶望を深めた顔をした。

こちらから責任は取らなくて良いと申し出ているのだから、むしろここは幸運と、ありがたがってほしいくらいなのだが。

「……ああ、本当に君はちっとも変わっていないな……。事なかれ主義で諦観していて冷静で、そのくせ妙に強か(したた)で……！」

いらいらと髪を掻き毟(かむし)りながら、苦々しく吐き出された男の言葉に、フロレンシアはなるほど、と納得する。言われてみれば確かに、自分はそんな人間かもしれない。

「まあ。ありがとうございます」

「言っておくが、全然褒めていないからな……！」

どうやら褒められていたのではないらしい。フロレンシアは困ったように眉を下げた。

すると、男の紫水晶の目にみるみるうちに涙が盛り上がり、ぼろぼろと溢れ始める。

嗚呼(ああ)、とうとう泣かせてしまった。フロレンシアは慌てる。なんせこの男、泣いたらやたらと長いのだ。

「ずっと、ずっと君を、君たちを捜していたんだ！　ようやく見つけたのに、こんなところに捨てておくなど、できるわけがないだろう！」

かつて、自分の身分も本名も何も明かさずに、フロレンシアの前から姿を消した男。

まさか、捜してくれているとは思わなかった。――――実のところ、かなり嬉しい。

フロレンシアとて、いつか彼が自分と娘を捜し出し、迎えにきてくれたら良いな、などと思うことはあった。非現実すぎて、すぐに心の中で否定してしまっていたけれど。

フロレンシアは、興奮して泣き続ける彼に、かつてのように優しく話しかける。

「……ねえ、アル。聞いてちょうだい」

フロレンシアが彼について知っているのは、そんな、どこにでもあるような愛称だけだ。

だが、初めて会った時から、彼が身につけているものが全て最上級品であり、所作や会話なども、非常に洗練されていることに、フロレンシアは気づいていた。

アルが上流階級の出身であることは、疑いようがなかった。

そんな彼が、この年齢まで妻も婚約者もいないとは、考え難い。

彼の援助を受けるということは、すなわち、彼の妾（めかけ）になるということだろう。

だが、この国の宗教は、人々は、夫婦の貞節を重んじている。

よって、妻子ある男の妾に身を落とす女や、その間に生まれた非嫡出子には、非常に厳しい目が向けられる。

彼の元に行けば、金銭的な苦労はなくなるとしても、フロレンシアは妾だと蔑まれるであろうし、非嫡出子とされる娘のエステルも、いずれ辛い思いをすることになるだろう。

さらに、フロレンシア母娘の存在を知られれば、彼の妻子もまた苦しむことになる。

「私はあなたに囲われるつもりはないの。ただここで、娘と二人、穏やかに暮らしていきたいだけよ」

たとえ貧しくとも、太陽の下で、胸を張って生きたい。後ろ暗い立場になどなりたくはない。するとかつて愛した男は、また美しい顔を大きく歪めた。

「――嫌だ。見つけたからには連れて帰る。ずっとそう決めていた」

そして強い口調で言い切ると、未だ涙の滲む目で真っ直ぐにフロレンシアを見つめた。その目に、迷いは全くない。

ああ、そういえば、彼は泣き虫なくせに頑なで、こうと決めたら梃子でも動かない人だった。

(これは説得に時間がかかりそうだわ……)

ここで立ち話もなんだろう。そしてなにより近隣住民の皆様にこんなところを見られるのは、絶対に避けたい。

それでなくとも、フロレンシアは夫がいないことで、周囲から冷ややかな目で見られることが多いのだ。

こんな田舎で、白昼堂々若い男と痴話喧嘩をしていたなどと、しかもその男を泣かせていたなどと噂されたら、目も当てられない。

フロレンシアは、心を落ち着かせようと、深く息を吐いた。

「ねえ、アル。良ければ私の家に入らない？　話ならそこで聞くわ」

人目を避けたいフロレンシアの提案に、アルは素直に頷く。

フロレンシアが娘のエステルと共に慎ましく暮らす家は、こぢんまりとしていて、全てが必要最低限しかない。

男は、促されて上がり込んだ家の中を、興味深げに見ている。ここはフロレンシアの大切なお城だが、きっと彼からすれば、信じられない狭さ、貧しさだろう。

「狭い家でごめんなさいね」

「……いや、かつて君と共に暮らしたあの荒屋に比べれば、ずっといいさ」

戯けたように笑って言う彼に、フロレンシアはまた小さく笑う。

あの場所は、確かにひどい場所だった。何もかもが生きることで精一杯の、最低限。

けれどもフロレンシアにとっては、楽園だった。

――色々なものに雁字搦めだったフロレンシアが、初めて味わった、自由。

「今でも君と共に過ごした日々を、よく思い出すよ。私の人生において、もっとも素晴らしく、幸せな時間だった……」

フロレンシアも思い出す。海の匂い。湿気を含む生ぬるい潮風。すぐ、そばにあった体温。

「……懐かしいわね」

フロレンシアもまたうっとりと目を細めて答えれば、アルは頬を赤らめた。

そして、覚悟を決めたように、鼻を啜りながら口を開く。

「単刀直入に言おう。まず第一に、君は六年前から私の正式な妻だ。教会から承認を受けた婚姻証明書もある。よって、娘のエステルは、現在、私の唯一の嫡子ということになる」

　フロレンシアの警戒を解くためか、一気に伝えられた初めて知った事実に、流石のフロレンシアも驚き、目を見開く。

「……どうして？　ありえないわ。だって私、あなたの名前も知らないのに」

　はたしてそんな状態で、結婚などできるものだろうか。

　するとアルの眉間に深い皺が寄った。フロレンシアの言葉に怒っているというよりは、自責の念に駆られているようだ。

「……本当にすまなかった。遅ればせながら名乗らせてほしい。私の名前はアルフォンソ・エルサリデという」

　深く頭を下げられながら伝えられた、その名を聞いた瞬間。どこかで聞いた響きだとフロレンシアは思った。

　するとエステルが目を輝かせ、すぐにその既視感の答えを与えてくれる。

「まあ！　お父様は、この国の王様と同じ名前なのね」

　フロレンシアは昼に仕事をする間、家のすぐ近くにある修道院にエステルを預けていた。

　修道院にはフロレンシアが当初世話になっていた救貧院の他に、孤児院が併設されており、親が仕事をしている間、多少の喜捨で子供を預かってもらえるのだ。

そこで世話をしてくれる修道女の一人から教えてもらったのだと、エステルは自慢げに胸を張って答えた。

「エステルは賢いな」と言って、アルフォンソは彼女の頭を優しく撫でる。

アルフォンソ、という名前自体はこの国においてそれほど珍しいものではないが、確かに数年前に即位したばかりの、この国の王と同じ名前だとフロレンシアも思い出す。

そして、フロレンシアの暮らすこの国の名前は『エルサリデ王国』。

国名であるエルサリデの姓を名乗れるのは、この国の王族のみ。


「――エステルの言う通り、私はこの国の王だ」


真っ直ぐに向けられた目と、衝撃的な話に、フロレンシアはわずかに薄青色の目を見開く。

そして彼の言葉に対しどういった反応を示せばいいのかわからず、しばらく悩んだ後で、腕の中の娘に話しかける。

「……あら、まあ。それならエステルは、この国の王女様ということかしら」

母の呑気な声に「エステルお姫様なのー？」と娘が嬉しそうに、にこにこと笑う。

フロレンシアが寝かしつけの際に話してやるたくさんの御伽噺の影響か、『お姫様』という単語に、娘は弱い。

「お父様は、王様なのに泣き虫なのね」

「あらあら。本人の前でそういうことを言ってはダメよ。エステル」

娘にはまだ空気を読むという機能が備わっていない。よって今日も言葉の切れ味が鋭い。

娘の言葉に切りつけられたアルフォンソは、胸を押さえながら話を続ける。

「…………ちなみに君は、この国の王妃ということになるな」

「まあ、大変。どうしましょう」

「……まるで信じていないな。フロレンシア」

いじけたように口を尖らせ、不貞腐れるアルフォンソに、フロレンシアは呆れてしまう。

一体誰が信じると言うのだろう。そんな荒唐無稽な話を。

いくらなんでも、自分はそこまで世間知らずではない。

そもそも自分をこの国の王であるなどと詐称すること自体、本来許されることではない。

もし誰かに聞かれたらどうするのだ。首が胴から切り離されても文句は言えまい。

またしても反応に困ったフロレンシアが、誤魔化すように生ぬるい微笑みを浮かべると、アルフォンソは諦めたように息を吐いて、げんなりと低い木の天井を仰いだ。

「……まあ、いい。とにかく君たちには、これから私と一緒に来てもらう」

そして、エステルを抱き上げたままのフロレンシアの空いている方の手を強く握り、引っ張るようにして歩き出す。

「どこへ行くと言うの？」

「——私の城だ」

この男、まだそんなことを言っているのか。

流石に呑気なフロレンシアも呆れ、そして腹が立ってきた。

「そんな。突然困るわ。私にも生活があるのよ」

一体彼は何を考えているのか。フロレンシアは思わず非難の声を上げた。

フロレンシアはこの町で、針仕事の請負(うけおい)をしながら暮らしている。

若い頃から貴族女性の嗜(たしな)みとして数多(あまた)の刺繍(ししゅう)を刺してきたため、縫い物にはちょっとした自信があった。

だからこそ修道院に併設された救貧院を出るとき、娘と二人で生きるために、必然的にこの仕事を選んだのだ。

今では精緻(せいち)な刺繍からレース編みまで、多岐にわたる仕事を短い納期でこなす、腕の良いお針子だと重宝されている。

そしてフロレンシアの手元には、この町の服飾店から請け負った仕事が、まだ大量に残っていた。その仕事を、投げ出すわけにはいかない。

このままここで娘と暮らしていくためにも、仕事の信用を失う訳にはいかないのだ。

だがそんなフロレンシアの抗議にも足を止めることなく、アルフォンソは乱暴に木製の薄い玄関の扉を開ける。

そんなに勢いよく開けたら、それでなくても建て付けが悪い扉が壊れてしまうと、心配したフロレンシアが思わず玄関を見つめた、その時。

「え……?」

そして、そこから見える光景に、愕然とする。

知らぬ間に何人もの騎士と思しき男たちが、フロレンシアの小さな家を取り囲んでいた。

陽光を反射して目に眩い、真っ白な隊服。その襟には王家を表す薔薇の徽章。

その意味を、一応は伯爵家の出身であったフロレンシアは、知っていた。

「………近衛、騎士」

王直属の、精鋭部隊。国ではなく王本人に忠誠を誓う、忠実なる騎士たち。

フロレンシアは、掠れた声で呆然と呟く。――まさか。本当に?

「――もう逃さない。諦めてくれ」

フロレンシアが気付かないうちに、素晴らしい早技で拭いたらしい。

いつの間か目元から涙の跡がきれいに消えていたアルフォンソに腰を引き寄せられて、耳元で有無を言わせず囁かれた言葉に、フロレンシアの体は、先の見えぬ恐怖で小さく震えた。

そのままアルフォンソ共々近衛騎士に囲まれて歩き、近くに停められていた豪奢な馬車に娘と共に放り込まれ、何が何だかわからないまま最寄りの鉄道駅に連れて行かれ。

そこに停車していた汽車の、これまた豪奢な一室に放り込まれ。

白い煙を吐き出しながら勢いよく走る汽車の窓の外を、はしゃぎながら見つめる娘とともに、何が何だかわからないまま過ごすこと数時間。

気が付けばフロレンシアは、これまで見たことがないほど美しく壮麗な場所に、これまで身につけたことがないほど美しく贅を凝らした衣装を纏って、幾人もの女官たちに傅かれながら立っていた。

間違いなくここは、エルサリデ王国の王都。そして貴族の娘なら誰しもが一度は憧れる『薔薇の宮』と呼ばれる国王の妻子が暮らす王宮の一室。

「……まあ、どうしましょう」

途方に暮れたフロレンシアは、思わずそんな言葉を溢し、深いため息を吐いた。

まさかこんなことになるなんて思わなかった。怒涛の展開に、フロレンシアの思考がまるで追いついていない。

隣に立つ娘も、王女として、絹でできた美しい桃色のドレスを身に纏っている。

綺麗なドレスがよほど嬉しいのだろう。嬉しそうにくるくると回っては、その愛らしさでお付きの女官たちを微笑ませている。

「お母様は良くエステルのことを『私の可愛いお姫様』って言ってくださったけれど、本当にエステルはお姫様だったのね！　すごいわ！」

「…………そうねえ」

フロレンシアは思わず遠い目をしてしまう。もちろん母もそんな事実はまったく知らなかったし、そんなつもりで言っていたのでもないのだが。

娘はひどくはしゃいでいる。やはり『お姫様』への強い憧れは健在のようだ。

エステルは、元から美幼女だったところに美しく着飾ったこともあり、この世の奇跡のように可愛い。きっと世界中を探したとて、こんなに可愛いお姫様は他にはいまい。

これまで食べていくだけで精一杯で、質素な服しか着せてあげられなかった不甲斐ない母としては、そんな娘が嬉しくもあり、悔しくもあり。

「──国王陛下がいらっしゃいます」

その時、先触れの侍従が部屋に王の来訪を伝えてきた。すると女官たちにピリッとした緊張が走る。

どうやらアルフォンソは、今では冷徹な国王として、王宮の皆に恐れられているらしい。

フロレンシアの前では駄々っ子で泣き虫なアルフォンソが、冷徹。違和感しかない。

女官によって両開きの扉が開かれ、アルフォンソが威風堂々と部屋の中に入ってきた。

国王としての豪奢な正装に身を包んでいる。胸元には数多の勲章。そしてその頭に載せられ

ているのは、中央に大きな金剛石(ダイヤモンド)が嵌(は)められた、王冠。

確かにアルフォンソは、他に人目がある場所では硬く冷たい雰囲気をまとっていた。

フロレンシアが良く知る彼とは、まるで別人のようだ。

つまりこれは、公の場の、王としての彼(アルフォンソ)、ということなのだろう。

「……フロレンシア」

アルフォンソは腹に響く低い声で、甘くフロレンシアの名を呼ぶ。それから幸せに満ちた、蕩(とろ)けそうな笑顔を浮かべてみせた。

それまで息を詰めるようにして緊張していた女官たちが、愕然とした様子でそんなアルフォンソを見つめる。彼は普段、よほど表情筋を使っていないらしい。

本当は泣き虫で臆病なのに一生懸命頑張っているのだなあと、フロレンシアは感慨深く思う。

そして、有無を言わせぬ様子で、フレンシアに彼の手が差し伸べられる。

これだけの目がある中で、国王であるアルフォンソの手を振り払うことなど、許されない。

フロレンシアは、緊張で震える自らの手を彼の大きな手のひらの上に、そっと乗せた。

すると力強く手を握られ、引き寄せられ、強い力で腰を抱かれる。

それは、フロレンシアへの、強い執着を感じさせた。

「……事なかれ主義の君には悪いが、私の人生に巻き込ませてもらう。許してくれ」

ぼそりと耳元で囁かれ、その滲(にじ)む独占欲に、フロレンシアの体がぞくりと慄(おのの)く。

恐る恐るアルフォンソを見上げれば、珍しく勝ち誇ったかのような、強気の笑顔で。

そして連れられるまま、歩み出たのは王宮のバルコニー。その下には多くの国民が歓声を上げ、長らく王都を不在にしていた王妃の帰還を祝っている。

(なんで……なんでこんなことになったのかしら……?)

逃げることのできないアルフォンソの腕の中で、請われるままに手を振って微笑みを作りつつ、フロレンシアは現実逃避のように、彼との出会いを思い出していた。

第一章　セイレーンは船を沈める

フロレンシアが物心ついたばかりの頃、生家であるコンテスティ伯爵家は没落した。

コンテスティ伯爵家は、歴史こそ古いが、長い歴史の間に色々とやらかしてはその度に領地を削り売って凌いできたために、今では猫の額ほどの領地しか残されていない貧しい家だ。

そもそも、先祖代々商才にあまり恵まれていない家系なのだろうと、フロレンシアは確信している。そのくせ身の丈に合わない欲を出すから、碌なことにならないのである。

例に漏れずフロレンシアの父も、鉄道が走る計画があるなどという眉唾な噂に踊らされ、作物もまともに育たぬ荒地を高値で買わされてしまった。

蓋を開けてみれば、それは何ら根拠のない投資話であり、結局線路は全く別の場所に引かれることとなり。

結果、コンテスティ伯爵家に残されたのは、何もない荒地と、多額の借金だけであった。

伯爵家の体面を保てるギリギリまで手持ちの財産を処分し、それでも足りず、もう爵位を返上して破産するしかない、というところまで追い詰められたフロレンシアの両親は、そこで奇跡的に美しく生まれついた娘を、金持ちに売り飛ばすことを思い付いた。

かつて、未だコンテスティ伯爵家が広大な領地と豊かな財産を持っていた頃。

遠い北にある異国の王女が、この家に嫁いできたらしい。

その子孫たるフロレンシアは先祖返りなのか、北の民のように全体の色素が薄く、そして妖精のごとく美しかった。

限りなく銀に近い、色味の薄い金の髪。頬や唇の赤が良く映える、雪のように真っ白な肌。

透明度の高い湖の湖面のような薄青の瞳は温度を感じさせず、無機質な清廉さがあった。

宝石細工の如き美貌の幼い娘を、母は社交の場に連れ出しては、金持ちの男たちの前で、商品として見せびらかした。

値踏みされるのは正直不快であったが、幼くしてフロレンシアは、それを仕方がないことだと理解し、諦めていた。それ以外に、もう我が家が生き残る術はないのだと。

もし自分が高く売れれば、屋敷に借金取りが押しかけることがなくなり、父と母が醜く言い争う姿や、優しい兄の悲しむ顔を、これ以上見ずに済むはずだ。

そんな年齢に見合わぬ諦観の元、母親の営業に付き合っていたフロレンシアは、幼いながらもその美貌で、見事超大物であるファリアス公爵の目に止まることができた。

どうやらファリアス公爵は、当時まだ十二歳だったフロレンシアを一目見て気に入り、両親に婚約を申し入れたらしい。コンテスティ伯爵家の、多額の借金の肩代わりと引き換えに。

公爵がフロレンシアの父親よりもはるかに年上の老人であり、後添いとして嫁ぐのだとしても、間違いなくこれは破格の申し出であり、両親は嬉々として、その婚約を受け入れた。

もちろん婚約する当の本人であるフロレンシアには、なんの断りもなく。

そしてフロレンシアは、公爵から資金援助の対価として求められた結婚契約書に、公爵家から派遣された国家書士の立会いと証明の元、命じられるまま記名をした。

これで公爵は、いつでも好きな時に、フロレンシアを妻にすることができる。

フロレンシアがいずれこの婚約を厭うようになったとしても、逃げることはできない。

まるで家畜の売買契約書のようだと、フロレンシアは思った。

「……お前、わかっているのか？　四十歳以上も年上の男と結婚するんだぞ」

泣き叫ぶどころか、嫌がる素振りすら見せずに淡々とそんな結婚を受け入れた妹に、コンスティ伯爵家の後継である兄リカルドは憤り、唇を噛み締めた。

娘にはあまり興味を持たなかった両親とは違い、亡くなった祖父母とこの四歳年上の兄は、フロレンシアをとても可愛がってくれた。

今もこうして、妹の行く末を、我が事のように憤ってくれる。

だからこそフロレンシアは、自分が売られることで、父の作った負の遺産を兄に背負わさずに済むことを、純粋に喜んでいた。

「もしかしたら、良き夫婦になれるかもしれません」

夫に恋をすることは難しいかもしれないが、夫婦として穏やかな愛情は育めるかもしれない。

少なくとも嫁入り先であるファリアス公爵家は、後添いとはいえ、フロレンシアを正式な公爵夫人として受け入れると言ってくれている。

事業に失敗して実家が没落し身売りされた、身分の釣り合わない伯爵令嬢に、わざわざご丁寧にも当主の妻の座を与えてくれるというのだ。なんと太っ腹なことか。

ファリアス公爵家はこの国有数の名家だ。かつて、王女殿下が降嫁されたこともあるほどの。

正直なところ、妾(めかけ)になれと言われても、我が家は文句を言えぬ立場であったのに。

「……だとしても、結局老人の慰みものとなることに、何の変わりもないだろうが」

罪悪感に満ちた表情で吐き出される、リカルドの言葉は容赦がない。おそらくフロレンシアにではなく、自身を痛め付けるための言葉なのだろう。

リカルドはフロレンシアに詰(なじ)ってもらいたいのだ。そして罰してほしいのだ。両親を止めることができない、無力な自分を。

フロレンシアは、そんな優しい兄の心を少しでも軽くしたくて、わざと戯(おど)けたように話す。

「お兄様。女の人生が一番光り輝くのは、なんでも未亡人になってからだそうですわ」

「――――は？」

突然、世にも恐ろしいことを言い出す妹に、リカルドはあっけに取られた顔をする。

「女寡婦(おんなやもめ)には、花が咲きますのよ」

そんな間抜けな顔の兄に、フロレンシアは悪戯っぽくニヤリと笑ってみせた。

先日母に連れていかれたお茶会に参加していたご婦人方曰く、女の生涯で一番楽しい時期は、夫を亡くし、未亡人となった後だという。

家に縛られず、夫にも縛られず、全ての枷から解き放たれ、自由になるのだ、と。

結婚して早々に親子ほどに年齢の離れた夫が亡くなり未亡人となった母の友人は、若い青年貴族たちを愛人として取っ替え引っ替え侍らせながら、毎日を楽しく過ごしているという。

フロレンシアの目から見ても、確かに彼女は生き生きとして、若々しく、光り輝いていた。

周囲からは破廉恥だなんだと眉を顰められているようだが、本人はどこ吹く風で、日々を自由に幸せそうに生きている。

そしてフロレンシアの夫となるファリアス公爵もまた、父よりもはるかに年上であり、おそらくは老い先も短いと思われる。

もちろん彼には前妻との間にすでに成人し結婚をしている息子がおり、更には孫息子もいる。よって、跡継ぎの男児を産まねばならない、といった重圧も、フロレンシアにはない。

「つまり私は、歳若くして無責任で裕福な未亡人になれる、ということですわ」

フロレンシアは胸を張り、得意げに言った。むしろ自分は恵まれているのではないだろうか。

「……馬鹿言え。お前、そんなに器用じゃないだろうが」

リカルドが、泣き笑いのような顔をした。フロレンシアも困ったように笑う。

世間一般的に幸せとされる環境を手に入れることはできなくとも、きっとそれほど不幸にもならないだろう。どうせ人生など、上を見てもキリがなく、下を見てもキリがないのだから。

「そんなことはありませんわ。これでも私、やるときはやる女でしてよ。未亡人になったら、国中を自由に旅するんです。夫の残してくれた財産を、湯水のように使って」

「そうか。それは楽しみだな……」

兄も、フロレンシアも、わかっていた。もう、これは、どうにもならないことなのだと。だったら強いられた環境の中でも、せめて前を向いて、精一杯生きるしかない。

「だから、大丈夫です。私は与えられた場所で、望まれるままに咲いてみせます」

心優しい兄は、それ以上はもう何も言わず、己の不甲斐なさに嗚咽を漏らしながら、小さな妹の体を抱きしめた。

彼の温かな腕に、フロレンシアの目も僅かに滲む。

人生の良し悪しは、死の瞬間までわからないものだ。悲観する必要はない。それにフロレンシアが公爵夫人になれば、いつかこの気弱で優しい兄の、力となれる機会もあるだろう。

その後フロレンシアは、公爵に見初められた白い肌を損なわぬよう、両親から厳しく言いつけられ、特別な事情があるときを除き、屋敷の外には一切出してもらえなくなった。

そして、公爵家から派遣されてきた教師たちに、公爵夫人に必要とされる教養や行儀作法を、朝から晩までこれでもかと詰め込まれることになった。

子どもらしい時間をほとんど奪われ、フロレンシアは徐々に萎縮していき、余ったわずかな自由時間に、趣味の刺繍や読書をすることが、唯一の楽しみとなった。

さらには、夢だった社交界デビューも、許されなかった。

結婚前に家族以外の男の目に一切触れさせないように、との公爵からの強い要望があったからだ。

すでに買い手のついた娘を、わざわざ金をかけてまで表に出す必要はなかろうと、両親はその要望もあっさりと呑んだ。

夫となるファリアス公爵閣下は、どうやら随分と独占欲の強いお方のようだ。

フロレンシアが自分以外の、特に若い男に心動かされることを、ひどく恐れているらしい。

（……私、そんなにふしだらな女だと思われているのかしら）

まあ、年老いた身で若い娘を嫁にもらうのは、不安が尽きぬものなのかもしれない。

元々人前に出るのはそれほど得意ではなかったので、フロレンシアはむしろ良かったのだと思うことにした。

そして、ずっと心にあったデビュタントの白いドレスへの憧れも、国王陛下への拝謁の名誉も、その全てを心の奥底に仕舞い込んだ。

だがやはり残念ながら、未来の夫と穏やかな愛情を育むのは難しそうだ。

よって今後フロレンシアが目指すのは、やはり自由気ままな未亡人である。

夫が生きている間は籠の中の鳥に甘んじるしかなくとも、いつかその時が来たら黒い喪服を着て、自由に社交界を渡り歩けば良いのである。

面倒くさがりのフロレンシアが、実際にそれをするかどうかはともかくとして。

フロレンシアの出来上がりを確認するためか、数ヶ月に一度、公爵家からフロレンシアへの数々の贈り物と共に、使者がやってくる。

そして、その使者はフロレンシアを頭の天辺から爪先まで不躾に眺め、まるで試すかのように、様々な質問をする。

フロレンシアもその時ばかりはしっかりと猫をかぶり、淑女然として、それらに当たり障りなく答えてみせる。すると、公爵家からの使者は納得し、満足げに帰っていく。

おそらくフロレンシアが公爵家に相応しいかを定期的に検査し、見極めているのだろう。

フロレンシアは彼らにとって、まさに出荷を待つ家畜のようなもので。

(――――つまらないわ)

毎日の変わらない風景に、フロレンシアは倦んでいた。

早く結婚し、早く歳をとり、早く未亡人になって、自由になりたい。

――――そして、いつか太陽の下を、自分の足で好きなように歩くのだ。

やがて十七歳となり、無事に出荷の時を迎えたフロレンシアは、ファリアス公爵の指示により、彼の領地へと向かうことになった。

美しく育った娘に、両親は満足げだが、兄はやはり罪悪感に塗れた顔をしていた。

「いい？　公爵様によくお仕えするのよ」

母が念を押す。そうすれば、我が家は安泰だからと。そこに老人へ嫁ぐ娘への気遣いはない。

「はあ、頑張ってみますわ」

やる気なく適当に答え、フロレンシアは軽く頭を下げて馬車に乗りこんだ。

生まれてから十七年暮らした家に、どうやらそれほどの愛着はなかったようで、大した感慨も湧かなかった。

フロレンシアが嫁ぐファリアス公爵領は、コンテスティ伯爵領から大陸に大きく入り込んだ、広大なレティス湾の向こう側にある。

陸路では何倍もの時間がかかるため、船でレティス湾を縦断して向かうことになった。

レティス湾の両岸を繋ぐ船は、最近この国で造られ、使用されるようになった蒸気船だ。

船内部で石炭を燃やし、発生させた蒸気を動力源とするというその船は、この国の技術の粋を集めて造られている。

港で馬車を降り、その黒い船を目にした瞬間、その大きさにフロレンシアは驚き、口と目を見開いて間抜けな顔を晒してしまった。

「まあ……！　なんて大きいの……！」

船に乗ること自体も初めてのフロレンシアは、わくわくとその蒸気船を見上げ、隅々まで観察する。

中央部から突き出す巨大な煙突から、もうもうと白い煙が噴き出している。蒸気機関とは、一体どんな仕組みなのだろうか。頼めばその機関室内を見せてもらえないだろうか。

甲板にはロープで短艇（カッターボート）がいくつか釣り上げられている。船が沈没した時のための救命艇であろうか。こんな大きな船が沈むだなんて、想像がつかないけれど。

常に屋敷に閉じ込められ、代わり映えのない風景の中にいたせいか、フロレンシアは気になるものや目新しいものは、なんでもしっかりと観察する癖がついていた。

時間を忘れて船を興味津々で眺めているうちに、あっという間に乗船時間となり、一等船室の乗客から船内への案内を受ける。

公爵がフロレンシアのために用意してくれた乗船券は、もちろんその一等船室だ。

一等船室は、部屋から風景を楽しめるよう、船の上層部にある。船底が近いほど、乗船券の値段は下がるらしい。

「すごいわ……！」

巨大な船を前に怯えた様子の侍女と共に、しっかりと防水用のワニスを塗られた重厚な木のタラップを昇って高く広い視界を得たフロレンシアは、思わず感嘆の声を漏らしてしまった。

海を眺めれば、それはどこまでも広く果てしなく。思わず自分のちっぽけさに笑いが溢れた。乗客の列に流されながらも、その目に映るものを必死に焼き付けていく。こんな景色は、もう二度と拝めないかもしれない。

そして案内された一等船室は、こじんまりとしていたが、置かれた家具は飴色に輝き、重厚感のある佇まいだった。

おそらく手配されたこの乗船券は、途方もない金額なのだろう。かけられた金額を愛情と換算するならば、フロレンシアは間違いなく公爵閣下に深く愛されているといえる。ありがたいことだ。

部屋に入りしばらく休んでいると、出港を知らせる大きな鐘の音が聞こえた。

「どうやら出港するようよ。ねえ、甲板に出て海を見てみない？」

「申し訳ございません。私は恐ろしくて……」

わくわくと侍女を誘ってみるが、彼女は怖がって甲板に出ようとしない。

さすがに結婚前の若い女性が侍女も連れずに、男性がいる場をフラフラと出歩くわけにはいかない。なんせこの国は、神の名の下にやたらと女性の貞節に厳しいのだ。

「あんな老人の元へ嫁がせられるなんて……！　なんてお可哀想なお嬢様……！」

挙句に侍女は、フロレンシアを憐れみ、おいおいと泣きだしてしまった。

仕方ないのでフロレンシアも、彼女に付き合いしばらくの時間を船室で過ごした。

この旅はレティス湾の端と端とを繋ぐ、半日ほどの航海だ。

朝に出港し、陽が落ち切る前に対岸にある港に到着する予定だ。そして、向こう側には、公爵家の迎えの者が待っている。

つまりこの船上は、フロレンシアが自分の意志で自由に動き回れる最後の機会かもしれない。

それを考えると、フロレンシアの心に焦りが募る。

夕方になれば一等船室の乗客向けに、船内中央にある広間（ホール）で、小規模な催し（パーティー）が行われるという。どうやらこの船は、社交の場でもあるようだ。

フロレンシアも婚約者である公爵の指示で、その催しに参加することになっていた。

そのために、公爵からわざわざ前もってドレスまで贈られている。

本当は女一人でそんな催しに参加したくはないのだが、公爵の指示では致し方ない。

つまり、フロレンシアには、それほど時間は残されていない。

（船の中を探検してみたいのに……）

だが、同行してくれた侍女は、しくしくとフロレンシアを憐れんでは泣くだけだ。同情するよりも、どうかこの自由時間を好きなように過ごさせてほしい。

侍女の憐れみに付き合っていると、だんだん気が重くなってくる。

ここにいても時間の無駄だ。せっかくの貴重な時間だというのに。

とりあえずは泣き続ける侍女に手伝ってもらい、公爵から贈られたドレスを身に纏ってみる。

これまた随分と布面積が少ない扇情的なドレスだ。体の線が露骨に出てしまう。深い青い色がフロレンシアの真っ白な肌に映えて、まるで娼婦のようだと鏡に映る自分を見て思う。

（公爵閣下のお考えが、いまいちよくわからないわ……）

これまで散々フロレンシアを他の男の目から遠ざけておきながら、結婚を目の前にした今頃になって、こんな衣装を着せ、必ず遊宴に参加しろ、などと命令する。

公爵自身がエスコートをしてくれるのならばともかく、フロレンシアは今、この船に侍女と二人きりだというのに。

（もしかして、いつものように試されているのかしら？）

実は密かに乗客の中に公爵の手の者がいて、こんな過激な格好で男たちの前に身を晒したフロレンシアが、どういった行動を取るのかを監視し、ふしだらな女ではないかの最終確認をしているのだとしたら。

（それは流石に気持ちが悪いわね……）

うっかり想像してしまったフロレンシアは、ブルリと体を大きく震わせた。よもや自分は人間として扱われていないのだろうか。

（常識的な方であることを、願っていたのだけれど……）

残念ながら、それはなさそうだ。そもそも孫のような年齢の小娘を妻にしようとしている時点で、まともな神経ではなかった。迂闊だった。

たとえ恋はできなくとも、穏やかな愛情を育み仲の良い夫婦になれれば、というフロレンシアの希望は、いよいよもって叶(かな)いそうにもない。やはり未亡人志願待ったなしである。

とにかく公爵の不興を買わぬよう、遊宴では目立たず、大人しくしていなければなるまい。

（要は、公爵以外の男性と無用な交流をしなければいいのでしょう。話しかけられても素っ気なく対応して、広間の端で壁の花をしていれば良いわ）

そして猫を被ったまま広間に半刻ほど居座って、参加したことにしてしまえばいい。

いざ時間になり部屋を出ようとすると、さめざめと泣いていた侍女が、今度は船酔いで気分が悪くなってしまったらしく、長椅子に突っ伏したまま、動こうとしない。

侍女がそばにいない状態で、多くの男性がいる催しに参加するわけにもいかず、困ったフロレンシアはこっそりと一人で甲板に出ることにした。

どうしても外が明るいうちに、海を見たかったのだ。

すでに遊宴は始まっている。よって今ならば乗船している上流階級の人間は、そのほとんどが広間に集まっているため、フロレンシアを気にする者もそういないだろうと考えたのだ。

薄暗い船室から甲板に出れば、太陽をひどく眩しく感じる。

こんなにも長い時間、陽の光を浴びるのは久しぶりだ。肌にその熱を感じながら、思わずうっとりと目を細める。

生ぬるい海風が心地良いが、このドレスの布面積ではやはり少々肌寒い。だが、おかげで船の揺れでぼうっとしていた頭がスッキリする。

目の前に広がる海を見つめていると、何故か、ふと歌を歌いたくなった。

小さく息を吸い込んで、低く響く船の稼働音(エンジン)にかき消される程度の声で、フロレンシアは歌いはじめる。

それは幼い頃、今は亡き祖母が歌ってくれた、遠い異国の恋の歌だ。

――かつて海の向こうから来たという、フロレンシアの先祖が歌った恋の歌。

(恋とは一体どんなものなのかしら……)

かつてコンテスティ伯爵家に嫁いだ異国の王女は、かの国からの王への献上品であり、元は王の愛妾(あいしょう)であったのだという。

そして彼女は王宮で見かけた若きコンテスティ伯爵に恋をして、命を賭して王に自らの下賜を願い出たのだという。

寛大なる王はそれを笑って許し、コンテスティ伯爵家に、王女を下げ渡した。

そうして伯爵と異国の王女はめでたく結ばれ、その生涯を仲睦(むつ)まじく過ごしたのだという。

今でもコンテスティ伯爵家で言い伝えられる、幸せな恋物語。

フロレンシアを可愛いがってくれた祖母もまた、実は親の決めた婚約者がありながら祖父に恋をして、彼の元に押しかけるように嫁いできたのだという。

今は亡き、あの穏やかだった祖母に、そんな激しい感情と行動力があったということが、フロレンシアはいまだに信じられない。

貴族の娘にとって、父親の命令は絶対だ。本来は、逆らうことなど許されない。それなのに。

(……きっと私は一生、知ることはないのでしょうね)

自嘲して、空を見上げる。フロレンシアには、自分が感情の乏しい人間であるという自覚があった。なんだかんだと周囲の事情に流されて、こんな場所にいる、自分。

そんな自分が人生を揺るがすような激しい感情を持つ様を、想像することができなかった。

自分以外の誰かをそんなにも深く想(おも)えることを、羨ましく感じる。

歌いながらぼうっと海を見て過ごし、気がつけば陽は随分と傾いていた。薄暗くなってきた空に、我に返ったフロレンシアは慌てる。

流石に全く遊宴に顔を出さないわけにはいかない。そろそろ広間へ向かわなければ。

どこで公爵の配下がフロレンシアを監視しているか、わからないのだから。

侍女も、そろそろ船酔いから回復しただろうか。だめだとしても少しの間、我慢してもらわなければなるまい。

フロレンシア自身も気は重いが、仕方がない。自らを叱咤(しった)して踵(きびす)を返した、その時。

「きゃっ!」

フロレンシアは、思わず小さく声をあげてしまった。

見知らぬ一人の男が、フロレンシアのすぐ背後に立っていたのだ。

うるさい船の稼働音の中、気持ちよく歌っていたせいで、その気配に全く気がつかなかった。

男は、陶然とした様子で、フロレンシアへ向かい、無遠慮に手を伸ばしてくる。

怯えたフロレンシアは、自らに届く前に、思わずその手を叩き落とした。

彼は叩き落とされた己の手をまじまじと見やり、そしてまたフロレンシアへと視線を移す。

「……君は、セイレーンか？」

恍惚とした声で呟かれた言葉に、フロレンシアは驚き、それから呆れた。

セイレーンとは海に棲む怪物のことだ。上半身は絶世の美女で、下半身は魚だという。もちろん、架空の生物である。

その美しい見た目と歌声で船乗りたちを惑わし、船を海底へ引きずり込むといわれている。

よって、女性を賛美するための比喩としては、あまり使用されないものだ。

どちらかといえば、美しくも苛烈な性格の女性に対し、悪意を持って使われる言葉ではなかろうか。

だが、その男の目に、フロレンシアを貶めようとする意図は感じられない。

（……どうやら悪気はなさそうね）

つまりは天然。男は本気でフロレンシアのことを、セイレーンではないかと疑っているようだ。非現実的にも程がある。

「いいえ、ただの人間ですけれど」

あっさりとフロレンシアが否定すれば、その男は夢から覚めたように何度か瞬(まばた)きをし、それから、小さく噴き出した。

「なんだ。そんな簡単に、私の夢を壊さないでくれ」

「会ったばかりの他人に、勝手に夢をお持ちにならないでくださいませ。そもそもセイレーンは架空の生き物でしてよ」

フロレンシアの素っ気ない返しに、夢見がちでおめでたい男は、声を上げて笑う。

（――――まあ。きれいな人）

落ち着いてよく見てみれば、男は随分と整った容姿をしていた。歳の頃は二十代前半といったところだろうか。フロレンシアは思わず見惚(みと)れてしまう。

月のない夜のような真っ黒な髪に、紫水晶(アメジスト)の瞳。鼻筋は真っ直ぐに通り、眦(まなじり)の上がった形の良い目は、冷たい印象があるものの、笑うと目尻に皺が寄って、子供のように可愛らしい。

身につけている衣服は、色味が抑えてあり一見地味に見えるが、施された刺繍は精緻で、使用されている生地も艶(つや)のある最上級の絹。裁縫を趣味としているからわかるが、その仕立てもまた素晴らしい。間違いなく一流の職人によるものだ。

おそらくは、この船に乗り合わせた良家の子息といったところか。年頃の娘なら、きっと誰もが心をときめかせることだろう。

──だが、フロレンシアの心は動かない。動かすことが、できない。

「ところで美しきセイレーン。君の名前は？」

「ですからつい先ほど人間だと申し上げたはずですが？　それに私、見知らぬ他人に気安く名乗る名前は持ち合わせていませんの」

馴れ馴れしく名を聞かれ、やはりフロレンシアはぴしゃりと冷たく返した。いい加減にとっとと目の前から立ち去ってほしい。

なんせ、自分は近く人妻になるのだ。こんなところで知らぬ男と必要以上に親しくし、その事実が公爵の耳にでも入ってしまったら、大惨事だ。

ふしだらな娘などと誤解され、婚約を破棄されたら目も当てられない。コンテスティ伯爵家は一気に困窮することだろう。

すると彼は驚いたように目を丸くして、また楽しそうに笑った。フロレンシアとしては、何も楽しくないのだが。

「女性からそんな冷たい態度を取られたのは、生まれて初めてだ」

これまた随分とめでたいことである。きっと彼は、周囲からちやほやされながら生きてきたのだろう。羨ましい限りだ。

これだけの容姿を持っていれば、当然のことなのかもしれないが。

「まあ。それはよかったです。初めての経験をご提供できて光栄ですわ」

フロレンシアが適当なことを言えば、男はとうとう腹を抱えて笑い出した。

そんなに笑うことはないだろうと思ったが、よく考えてみれば、女に口ごたえされるだけで逆上する男も少なくない中で、随分と寛容な男である。

一頻り笑って、ようやく笑いを収めると、彼は懲りずに馴れ馴れしく話しかけてくる。

「ところで君は、こんなところで、何をしているんだ？」

「……海を、見ていましたの」

「ふうん。海を見るのは初めてかい？」

「ええ。ですから何もかもが珍しくて。話には聞いておりましたけれど、こんなにも広く大きなものなのですね」

フロレンシアはまた男から視線を逸らし、遠き水平線に目を細めた。時折海面がキラキラと光り輝くのは、魚が跳ねているのだろうか。

空が夕焼けに染まり始めている。もう、あと数時間でこの航海は終わってしまう。

「ああ。海はいいな。自分のちっぽけさを思い知らされてホッとする」

男の言葉に、フロレンシアは眉を上げる。さきほど自分が思ったことと全く同じことを、この男も思ったらしい。

「自分如きが、そこまで気負う必要はないのだとね」

ただの自信過剰と思いきや、多少は謙虚なところもあるようだ。

もしかしたら、彼もまた、様々な重圧に苦しんでいる人なのかもしれない。

フロレンシアに彼の背負ったものはわからない。けれどその感覚は、少しわかる気がした。

他人からの勝手な期待は、いつだってフロレンシアを追い詰め、その意志を叩き潰し、そして、逃げることを許さない。

「…………そうですわね」

貴族の家の娘として生まれた以上、そういうものだ。仕方がない。諦めるしかない。


「――――このまま船が、向こう岸に着かなければいいのに」


けれどフロレンシアの口から思わずこぼれたのは、そんな呪いの言葉だった。

とっくに覚悟は決めたはずで、諦めたはずなのに。今更になって、ファリアス公爵領が近づく度に恐怖が募るのだ。

なによりも公爵閣下の意図が全くわからないことが、怖い。彼はフロレンシアを、一体どうするつもりなのだろう。

「……おや、まるで本物のセイレーンのようなことを言う」

「ですから、ただの人間ですわ。ただ、このままずっと船に乗っていたいと思っただけです。ただの戯言ですわ。お気になさらないで」

「ふふっ。頼むから船を沈めないでくれよ」

男はまた笑った。フロレンシアも少しだけ笑う。そう、このままずっと、海の上を彷徨(さまよ)うのも悪くない。

家にも性別にも何にも縛られず、未知の世界へ冒険の旅に出るのだ。——だが。

「まあ、残念ながら、そんなことにはなりませんわ」

フロレンシアがどんなに願おうが、船はきちんと定刻には港に着くであろうし、フロレンシアの未来も変わりはしない。

「この船を沈めるのは、たとえセイレーンでも難しいだろう。なんせ我が国が誇る最新鋭の船だからな。……それにしても君、本当に面白いな。もう少し私と話をしないか。広間でくだらない賭け事に興じるより、このまま君と話していたい」

「…………」

男の視線が、熱を持ってフロレンシアへと注がれる。慣れないその視線に、頭の芯がぼうっと痺(しび)れるような感覚がする。

屋敷に閉じこもって生きてきたフロレンシアは、残念ながら男性に対し、免疫がなかった。

彼と話すのは、とても楽しい。——もう少しくらいなら、彼と喋(しゃべ)っていてもいいだろうか。

そんなことをフロレンシアが思った瞬間。一際強い海風が彼との間に吹き抜けた。

剥(む)き出(だ)しの肌の温度を一気に奪われたフロレンシアは、ぶるりとその肉の薄い体を震わせる。

そんな彼女を見て、男は眉を顰めて見せた。

「大体君、そんな薄着で寒くはないのか？」

「寒いですわね。でも海を見ていたかったのです」

「海ならもう十分見ただろう？　そろそろ船の中に入らないか。何か温かい飲み物を飲みながら、共に時間を過ごそう」

男は、そう言って、船の中にフロレンシアを誘う。そして、自分の上着を脱ぎ、フロレンシアの震える肩に掛けようとした。

「…………」

──もしここが社交の場で、フロレンシアが素敵な男性との出会いを夢見るデビュタントだったのなら。

きっと胸を高鳴らせてその上着を受け入れ、彼の手を取り、彼の話し相手をしたのだろう。

だが残念ながらフロレンシアは、それが許される立場にない。

甲板にはそれほど人目がないが、船内ではそうはいかないだろう。家族でもない男性と二人きりで過ごすなど、結婚前の娘が許されることではない。

フロレンシアの事情を知る誰かに見られたら、なにもかもがお終いだ。

そもそも気軽に誘ってくるあたり、男はフロレンシアのことを身持ちの悪い女だと思っている可能性が高い。そう考えれば、しくしくと胸が痛んだ。

「……私、婚約者がおりますので。お断りいたします」上着は受け取らずに固辞する。

首を横に振りながらきちんと事実を伝え、上着は受け取らずに固辞する。

口に出した現実は酷く重い。すると、男は明らかに衝撃を受けた様子で顔を歪ませた。

「……その婚約者とやらは、どうして君をこんなところに一人きりにしているんだ？」

「この船にはいらっしゃらないので。……私は彼に会いに行く途中なんです」

「……へえ。どんな男なんだ？」

「まだ会ったことがないので、存じ上げませんわ」

それを聞いた男が、眉を顰め、更に追及してくる。

「これまで一度も会ったことがないのか？　婚約者だっていうのに？」

余計なことを口にしてしまったと、フロレンシアは後悔する。

婚約者から遠目に値踏みされたことならあるが、顔を合わせて会話をしたことは一度もない。

もちろん公の場で婚約者だと、紹介されたこともない。

「そんなこと、あなたには関係がないでしょう？」

それが異常なことであることは、フロレンシアにだってわかっている。

「……君は、ちゃんと大切にされているのか？　その男は、本当に大丈夫なのか？」

そっけない答えを返したにもかかわらず、男はしつこく食い下がり、心配そうに話しかけてくる。だがそんなことは、フロレンシアにだってわからない。

押し付けがましい彼のその態度に、フロレンシアは段々腹立たしくなってきた。

恵まれている人間からの無責任な同情は、フロレンシアをさらに惨めにするだけだ。

「実家が事業に失敗して困窮しておりますの。ですから私、実家への援助をしてくださる方の元に嫁ぐのです。その方の人間性なんて、知ったところで、今更どうにもなりませんわ」

少なくとも、公爵は値切ることなくフロレンシアを父の言い値で買ってくれた。それは誠意ある対応と言っていいだろう。

「そして、私は自身の商品価値を落とすわけには参りませんので、こうして話しかけられるのも正直申し上げて迷惑なんです。放っておいてくださいませ」

いい加減に解放してほしくて、フロレンシアが一息にそう言ってやれば、男は絶句した。

何をそんなに驚いているのか。貴族であるのなら、さして珍しい話でもあるまい。

「……私は今、束の間の自由を楽しんでいるんです」

もしかしたらこれが最後になるかもしれない、自由を。

フロレンシアの切り捨てるような強い言葉に、男は思いのほか衝撃を受けているようだった。

「そうか、邪魔をした。……すまない」

そして素直に謝ると、男はそのまま一人、肩を落としてとぼとぼと船の中へと戻っていった。

フロレンシアは彼の項垂れた背中を見て、罪悪感に胸が重くなる。

募る焦燥のまま、当たり散らしてしまった気がした。

もしかしたら、下心なく善意で声をかけてくれたのかもしれないのに。

（大人気なかったわ。……馬鹿みたい）

少なくとも彼は、悪い人間ではなかった。もっと、他に上手い躱し方があったはずだった。

ざらりとした後味の悪さに、フロレンシアは深いため息を吐く。

それにしても、思っていた以上に自分は、未来に不安を抱いていたらしい。

確かに嫁いだ公爵家で、自分がどんな扱いを受けるのかは、全くの未知数だ。なんせずっと家格が下の家から、金に困って売られた娘なのだから。

流石に殺されることはないだろうが、人としての尊厳を守ってもらえるかはわからない。

そして一度結婚してしまえば、フロレンシアがどんな目にあっても、実家が助けてくれる可能性は限りなく低い。

この国では、妻は夫の所有物だ。たとえどんな扱いを受けたとしても、耐えるしかない。

本当は不安でたまらないのに、周囲に心配をかけたくなくて、平気なふりをしている。

そんな弱い自分を、彼に見透かされている気がした。

（――しっかりしなさい、私）

受け入れたのは自分だ。いまさら逃げることなどできない。

陽が更に傾き、空が徐々に薄暗くなり、海面の色も黒味を増している。まるで、フロレンシアの心のように。

これ以上海を見ていたら、余計に暗い気持ちになりそうだ。

（そろそろ行きましょうか……）

フロレンシアも、諦めて船の中に戻ることにした。賑やかな遊宴の場にいれば、わずかながらでも気分が明るくなるかもしれない。

重い足取りで一度部屋に戻り、未だフロレンシアの未来を憂いているのか、それとも船酔いが治らないのか、暗い顔をしたままの侍女と共に、広間へと向かう。

近づくたびに、楽しげな音楽と笑い声が大きくなる。

開かれた両開きの扉の中へと、フロレンシアが足を踏み入れた瞬間に、広間中から好奇的な視線を感じ、わずかに怖気付く。

だが次に聞こえたのは、彼女の美貌へと向けられた、賞賛のため息だった。

フロレンシアの真っ白な肌と、薄金の髪。そして色味の薄い青の瞳は、この国では珍しい。

そして彼女の妖精のような華奢な体に、公爵から贈られた細身のドレスはよく似合っていた。

向けられた視線に特段悪意を感じるものはない。フロレンシアはほっと胸を撫で下ろし、ゆっくりと周囲を見渡した。

上流階級であろう人々が、それぞれに着飾りながら、立食形式で歓談している。奥では男性たちが賭け事に興じているようだ。その中に、先ほど会った男は、見当たらない。

そのことに安堵しつつも、ほんの少しだけ残念に思い、そんな自分に驚く。

給仕から渡された杯を口元で傾けながら、フロレンシアは広間の端に寄って壁に寄りかかる。

周囲の人々が、フロレンシアのことをチラチラと気にしている。だがフロレンシアはあえて表情を動かさず、目を合わせぬように視点を人の手や、足、そして置かれた調度品に合わせる。

そうすれば、己の持つ冷ややかな雰囲気から、他人はあまり近づいてこない。正直今、誰かに話しかけられるのは、煩わしかった。

楽しげな雰囲気の中にあっても、やはりフロレンシアの気は滅入ったままだった。

一応は顔を出したのだから、これで義務は果たしたはずだ。そろそろ部屋に戻ってしまおうかとフロレンシアが思ったところで。


――ドンッ!! と重く激しい振動が船に走った。


(――っ! 何!? 一体何があったの!?)

次いで船体が大きく揺れ出す。

ここは湾内であり、本来外海とは違って波が緩やかで、船の揺れは少ないはずなのに。

「きゃぁぁぁっ!」

「一体何事だ!!」

響き渡る女性の悲鳴と、男性の怒声。

フロレンシアもまた、立て続けの揺れで壁に体を叩きつけてしまう。思わず息が詰まり、その場にしゃがみ込む。

あたりを照らしていたランプが次々に倒れ、溢れた油で一瞬激しく炎をあげると、やがて燃え尽きて消える。航海はすでに終盤であり、元々残りの油の量が少なかったのだろう。

そして周囲が、ふつりと暗闇に飲まれた。

恐怖に駆られた人々が慌てふためき、我先にと広間を出て甲板へと向かう。

ドレスの裾がもつれたのか、転んだ女性が悲痛な悲鳴をあげる。だが狂乱の中では誰も気にすることなく、彼女を踏みつけながら外を目指す。

隣にいたはずの、あれほどフロレンシアを憐れんでいた侍女も、主人を見向きもせずに一目散に逃げ出していた。

わずかに光が漏れる、出入口の扉へと人々が殺到する。とてもではないが、華奢なフロレンシアがそこへ向かったところで、先程の女性と同じように踏み潰されておしまいだ。

（……落ち着いて、私）

船の傾きは止まらない。フロレンシアは必死に足を踏ん張りながら、心を落ち着かせるように一度しっかりと目を瞑る。そして、深く呼吸をする。

遠き北の国に生まれたという先祖から、フロレンシアは二つのものを受け継いでいた。

一つは、纏う全ての色素が薄い、妖精のごとき美貌。――――そして、もう一つは。

しばらくしてフロレンシアがゆっくりと瞼(まぶた)を上げれば、彼女の薄青の瞳は、暗闇の中であっても扉からわずかに漏れる光で広間(ホール)内の全てを把握する。

(奥にもうひとつ給仕用の扉がある。あちらからなら簡単に逃げられそうね)

フロレンシアは安堵する。もし出入口が一つしかなかったら、完全に詰んでいた。

かつて、フロレンシアの先祖が住んでいたという最北にあるその国では、冬になると一日中夜が明けないのだという。そんな土地で生きるために、必要に迫られ身についたのか。

北の国に暮らす人々は、皆、暗闇に強い目を持っている。

フロレンシアが受け継いだ色素の薄い薄青の目は、その能力をもまた受け継いだ。

夜でも僅かな月明かりで刺繍や読書ができること以外に、この目が役に立つ日が来るとは思わなかったが。

フロレンシアは壁をつたいながら、未だ誰も気づいていない給仕のための業務用の出入口へと向かって、傾いた床を必死に歩く。

そして、ようやく辿(たど)り着(つ)いたその扉を押し開くと、そこから続く暗く細く、まるで迷路のように複雑な従業員用の廊下を必死に進む。

(……人生を諦めていたはずなのに。やっぱり死ぬのは嫌なものなのね)

自分の身勝手さを自嘲しながらも、必死に進む。すると、しばらくして奥の方から激しい足音と誰かの怒号が聞こえてきた。

「船が沈む前に捜し出し、確実に殺せ！」

その殺伐とした内容に、フロレンシアは一瞬体を硬直させ、震え上がる。

やはり、この船は今まさに海の底へと沈もうとしているのだ。そして、それに乗じて誰かが命を狙われているらしい。声とは逆の方向へと、フロレンシアは必死に逃げる。

（早く甲板に出て、救命艇に乗らなくちゃ）

この船に乗る前にいつもの観察癖で、どこに救命艇が釣り上げられているのかは把握済みだ。左舷と右舷にそれぞれ四艘ずつ。そして、船尾にさらに小型の救命艇が一艘。

船の乗客に対し随分と数が少ない気がするが、とにかくそれに乗れれば命だけは助かるはずだ。ここからならば、船尾へ行くのが一番近いだろうか。

扉を開け閉めする音が聞こえる、男たちが、一つ一つ部屋の扉を開けて中を確認しているのだ。おそらくは、標的を捜しているのだろう。

そして、突然乾いた銃声が鳴り響いた。男性の、苦痛の滲むうめき声も。

フロレンシアは音に驚き、小さく跳び上がった。

「逃すな！　追え‼」

誰かがこちらに向かって逃げてくる。おそらくは、命を狙われている張本人だろう。暗い通路を必死に手探りしながら逃げているようだ。

目を眇めて遠目にその男の顔を見た、フロレンシアの判断は早かった。

幅の広い乗客用通路と狭い船員用通路が交わった十字路に身を隠し、彼が近づいてくると、その腕を取り、自らの方へと引き寄せる。

「――――こちらへ」

警戒した男に素早く銃を向けられるが、恐れず彼の耳元で、追っ手に聞こえないよう、小さな声でささやく。

こくり、と彼の喉が動くのが見えた。フロレンシアの声を覚えていたのだろう。

「君は……！」

「しっ。静かに。行きますよ。ついてきてください」

そして、彼の手を引きながら、フロレンシアはあえてさらに光のない、暗闇の方へと向かって走りだした。そんな彼女に、男は動揺する。

人は、本能的に暗闇を恐れるものだ。その気持ちはわかる。

かといって、明るい方向へ逃げれば、追っ手に捕まる可能性が上がる。

「大丈夫です。安心してください。私には、見えるので」

フロレンシアの足に迷いはない。男は、彼女の手に縋（すが）りながら、必死に付いてくる。

迷路のような船の中の通路を、人の気配を避けて進む。床の傾斜は次第にひどくなり、この船がまさに沈んでいるのだと実感し、否応（いやおう）なしに焦りが募る。

刺客たちも命あっての物種なのだろう。しばらくすると、その気配が消えた。

そのことに安堵しつつ、遠回りをしながらもようやく辿り着いた甲板で。

沈む夕陽の残火で薄暗い中、二人は辛うじて見える互いの顔を見合わせる。

先ほどとは違い、眉間に皺を寄せた険しい顔をしているが、彼は間違いなく、先ほどフロレンシアに声をかけてきた男だった。

彼の目がフロレンシアを見つめ、わずかに甘く滲む。だが響き渡る悲鳴と怒号に、すぐにその目は逸らされた。

船はすでに大きく傾き、何かに捕まっていなければ、立つことも難しい。

海面に降ろされた救命艇には、すでにそのすべてみっちりと人が乗っており、定員超過で今にも沈みそうな有様だった。

だがそれでも船の両舷には、そんな状況の救命艇に更に乗り込もうと縋り付く人々で、阿鼻叫喚の有様だ。乗り切れなかった哀れな人々が、次々に海へと落ちていく。

「なんて、ことだ……」

まるで地獄のような光景に、男が乾いた声で呆然とつぶやく。

――このままでは自分たちも、海の藻屑になってしまう。

いち早く我に返ったフロレンシアは、乗船前に観察した船の外部構造を必死に思い出す。

「確か船尾の方にも救命艇があったはずです。そちらへ向かってみましょう」

この蒸気船が向かっていた対岸の港はまだ遠く、救命艇に乗れたとしても、生き残れるかは未知数だった。

だがそれでも諦めずに二人で転がり落ちるように船尾へと向かえば、そこに小さな救命艇が未だに吊(つ)るされたままとなっていた。

皆、この混乱の中、両舷に設置された大きな救命艇だけに意識を取られ、船尾にある予備用の小さな救命艇には思い至らなかったのだろう。

「……何か、刃物を持ってはいませんか?」

救命艇を釣り上げているロープはきつく結ばれており、素人が解くのは難しそうだ。おそらくそれをしている時間もない。

フロレンシアの問う言葉に、男の懐(ふところ)から出されたのはおそらくは装飾用の、柄に宝石が散りばめられた華美な意匠の小刀(ナイフ)で。

「大丈夫だ。これでもロープくらいなら切れるはずだ」

思わず不安げな顔をしてしまったフロレンシアに、男は笑ってそう言って、救命艇を釣り上げていた二本の太いロープの表面に小刀の刃を当てて、力一杯何度も引いて切り捨てる。

支えを失った救命艇が勢いよく海面へと落ち、大きな水音を立てつつも無事に着水した。

「きゃっ!」

そして男は軽々とフロレンシアを抱き上げた。

驚き声を上げつつも、男が何をしようとしているのか悟り、フロレンシアは彼の太く逞(たくま)しい首に手を回して、落とされないようぎゅっとしがみつく。

婚約者がいるとか恥ずかしいとかはしたないとか、そんなことはもう頭の中から消えていた。

命の危機を前に、それらは全て瑣末なことなのだろう。

そして男は海面に浮いた救命艇目掛け、傾いた甲板の上から飛び降りた。

救命艇は落ちてきた二人の重さで激しく揺れたが、なんとか転覆せずに耐えてくれた。

沈みゆく船に巻き込まれないように、二人で必死に救命艇の船底に設置されていた木の櫂で激しく揺れる海面を掻き、急いで船から離れる。

海に落ちた人々の助けを求める声が聞こえるが、貧弱な二人の漕ぎ手では彼らの元へ向かうことは難しく、どうすることもできなかった。

（……ごめんなさい）

目の前で失われていく、助けることのできない命に、罪悪感でフロレンシアの心が押し潰されそうになる。

そして、巨大な船が、ゆっくりと海底へと沈んでいく。

その姿を、フロレンシアと男は呆然と見つめていた。いまだに目の前で起きていることが、現実だとは思えない。

沈む船に巻き込まれ、海に落ちた人々もまた、海底へと引き摺り込まれていく。

男の手が、フロレンシアの目にかざされる。おそらくは、これ以上の悲劇を見ないようにという、彼の気遣いなのだろう。

「……」

彼の与えてくれる暗闇の中で、フロレンシアは泣きそうになる。

二人の乗った救命艇は、その積載物の軽さからか、容易(たやす)く潮に流されて、他の救命艇から引き離され、どんどん遠ざかっていく。

気がつけば陽は完全に落ちてしまい、わずかな月明かりの下、うっすらと見えていた蒸気船の船首も、他の救命艇も、やがては何も見えなくなってしまった。

心細さに、自然と二人は身を寄せ合い、そして互いの存在に安堵する。

これから一体どうなってしまうのか。何もかもがわからない。

それでもまだ辛うじてある命に、フロレンシアは小さく息を吐いた。

第二章　海上の恋

どれほどの間、暗い海の上を漂流したのか。

フロレンシアは、死への恐怖で一睡（いっすい）もできぬまま、波に揺れる救命艇の上で一晩を過ごした。

共にいる男もまた、眠れなかったのだろう。背後からフロレンシアを自らの上着の中へと抱き込み、暖めてくれている。

結婚前の娘がはしたないと、今更になって脳裏でうっすらと思うものの、すでに非日常の連続で、全く抵抗が無くなっていた。

これは、婚約者の趣味により薄着をさせられている哀れなフロレンシアに対する、人道的な処置なのだろうと自身を納得させる。

やがて水平線の向こうから光が差し込んできた。――朝が、きたのだ。

空が徐々に明るくなっていく。その様を、フロレンシアはぼうっと見ていた。

それは、まるで天から神が降臨したかのような、荘厳な光景だった。

「……神よ」

あまりの美しさ、神々しさに、フロレンシアの唇から、思わず祈りの言葉がこぼれる。

「……ああ、美しいな。神の存在を思わず信じたくなるくらいに」

同じく空を見上げ、呟いた彼の声も僅かに震えていた。この景色に圧倒されているのだろう。

「……ありがとう。君のおかげで助かった」

それから、思い出したかのように、船からの脱出劇に礼を言われた。

フロレンシアは静かに首を横に振る。なんせ、まだ到底「助かった」とは言えない状況だ。

全方位が空に繋がる水平線。そして動力としてこの手にあるのは、数本の木の櫂のみ。

広大な海の上で、二人はあまりにも無力だった。

「……だが、どうして私を助けてくれたんだ?」

男が不思議そうに聞いてくる。言われてみれば確かに、フロレンシアにはわざわざ危険に身を投じてまで彼を助ける義理も理由もなかった。

ほんのわずかな時間に会話をしただけの赤の他人。しかもフロレンシアは別れ際、彼を相当冷たくあしらったというのに。

「なぜか……あなたを見て、助けなくては、と思いましたの」

自分自身にもその理由はよくわからない。ただ、彼が血相を変えてこちらに向かって走ってくる姿を見た瞬間、なぜだか放ってはおけないと、考えるよりも前に体が動いたのだ。

するとと男が目を見開き、そしてわずかに頬を赤らめた。

「そ、それは、まさかとは思うが、実は私に一目惚れして特別な感情を抱いていた、とか……」

「…………」

「そんな『まるで考えたこともなかった』みたいな驚いた顔をするな！　これでも恥ずかしいんだぞ……！　都合よく考えてしまった私が可哀想だろう！」

表情だけで考えていたこと全てが暴かれてしまった。思ったよりもなかなか聡い男である。しかも自分で話を振っておきながら、男は顔をさらに真っ赤にして恥ずかしがっている。

「……おそらくあなたに一目惚れはしていないかと」

「……わざわざ更に念押ししてこなくていいからな」

男はさらにがっくりと肩を落とした。そんな情けない姿にフロレンシアは少しだけ笑ってしまった。案外憎めなくて可愛い人だ。

日が完全に昇りきり、明るくなってから確認してみれば、救命艇の船底には、折りたたまれた帆と支柱の他に瓶に詰められた水が二本と、長期保存用に極限まで乾燥させた石のように固いパン、それから防寒用の毛布が入った木箱が設置されていた。

だがそれとて二人で分け合って、一体どれほどの間、命をつなげることができるのか。

生き延びたものの、状況は相変わらず絶望的だった。

「これから、どうなるのだろうな……」

男が、乾いた声でつぶやく。そっとその顔を窺えば、彼は途方に暮れた顔をしていた。

「……今は考えても仕方ありません。なるようにしかなりませんわ」

フロレンシアとてもちろん怖くて仕方がない。だが、本当に現状自分にできることが、何もないのだ。あとはもう、開き直って神に祈るしかない。

「君は、妙に強いな……」

男はほんの少しほろ苦く笑うと、備品から毛布を取り出し、フロレンシアに手渡した。

「体温を奪われ体力を失わないよう、被っておいてくれ」

言われるままフロレンシアは毛布を被り、男に抱きしめられていた時の方がずっと暖かかったと思い、そんなことを思った自分のはしたなさに恥ずかしくなる。

今更ながら背中から与えられていた彼の温もりを思い出し、心臓の鼓動が早くなった。

(……何を考えているの、私)

生き残るために必要なのは、ただひたらすら体力だ。こんなところで心拍数を上げ、無駄に消耗してはならない。

フロレンシアは暴れる心臓を必死に叱咤し、これ以上動じないように、大きく息を吐く。

それから二人で試行錯誤しながら船に帆を張った。

だが風の捕まえ方もどちらへ向かえば良いのかもわからない。

仕方なくそのまま二人でぼうっと海を眺めていると、時折海面を魚が跳ねる。

「……あのお魚、獲って食べられないかしら」

そうすれば、食料問題が一気に解決する気がする。

その方法も何も思いつかないまま、フロレンシアが適当に声に出せば、男は呆れたように肩を竦めた。

「それは流石に無理だろう……。奇跡的に獲れたところで、どうやって火を通すんだ？」

「だって海鳥は魚に火を通さずに食べているでしょう？　人間も、実は魚を生で食べることができるのではないかしら」

「……君は妙に思考が柔軟だな」

フロレンシアの言葉に、男が目を見開いて、それからまた困ったように笑った。

「私はどんなに空腹でも、生の魚など食べる気にならないが」

「安心なさって。もちろん私が先に食べますわ。これでもお腹は強い方ですの」

幼い頃のフロレンシアには、なんでも口の中に入れてしまう悪癖があった。つい味が気になってしまうのだ。

よって、コンテスティ伯爵家の庭園に生えている植物は、そのほとんどを口に含んだことがある。巻き込んだ兄はすぐに腹を壊したが、フロレンシアはピンピンしていた。

この強靭な胃袋もまた、狩猟民族だという北の民の血のなせる業かもしれない。

「むしろそんな何もかも消化するような丈夫な胃袋をしていたら、毒見役なんて務まらないんじゃないか？」

「それもそうですわね。確かに基準とするには、私の消化器系は強過ぎるかもしれません」

フロレンシアの胃ならば大丈夫でも、ごく一般的な胃では、難しいかもしれない。

フロレンシアがごく真面目に答えれば、とうとう男は堪え切れないとばかりに声をあげて笑いだした。

「君、本当に面白いな……！　そんな妖精のように美しく儚げな容姿をしているのに……！」

「人を見た目で判断してはいけないという実例を、ご提供できて光栄ですわ」

そして二人で顔を合わせて笑い合う。こんなに気負いなく他人と話すのは本当に久しぶりだ。

そこでフロレンシアは、いまだに彼が自分のことを「君」と呼んでいることに気づく。

「そういえば、まだ名乗ってすらいませんでしたわね。私はフロレンシア・コンテスティと申します」

「……ああ、コンテスティ伯爵家の御令嬢か。兄君とは何度か顔を合わせたことがある。妹がいるとは知らなかったが」

「社交デビューもしておりませんし、そもそもそういった公の場に出ることが、一切ありませんでしたので」

フロレンシアの言葉に、彼は不可解そうな顔をする。フロレンシアは年齢不相応に妙に落ち着いた雰囲気の持ち主であり、実年齢よりも年上に見える。

よって、彼女がデビューをしていないことが不思議なのだろう。

「……まあ、色々と深い事情があるのですわ」

「そうか。――――フロレンシア」

「……はい？」

「……うん。君によく似合う、とても綺麗な響きの名前だ」

まるで音を噛み締めるように名前を呼ばれ、フロレンシアは動揺する。家族以外の男性に名前を呼ばれるのは、生まれて初めてだった。

「……そういうあなたのお名前は？」

「おや、私も気安く他人に名乗る名前は持ち合わせていないのだが」

どうやら出会った時のことを、当て擦られているらしい。男はニヤリと意地悪く笑ってみせる。彼もなかなかに大人気ない。フロレンシアは僅かに頬を膨らませる。

「もしかしたら、このまま死出の旅までご一緒することになるかもしれないんですもの。ここまできたら他人ではないでしょう？」

「……そういう生々しいことをあっさりと言うな。しんどくなるじゃないか……。だが、確かにそれもそうだな」

男はまた小さく笑って少々の逡巡の後、口を開く。

「では、私のことはアルと。そう呼んでくれ。言葉ももっと砕けてもらっていい」

　どうやら彼の方は、相変わらず本名も明かす気はないらしい。余程やんごとないお家柄なのだろうか。

　だが、どんな家柄だろうが、わずかに寿命が伸びただけというこの状況では、なんの意味もなさないだろう。

「では遠慮なく。よろしくお願いしますね。アル」

　きっと彼にも色々と事情があるのだ。うっかり突いた藪から蛇が出てきては面倒なので、あえて詳細は聞かずにフロレンシアは笑った。基本的に事なかれ主義である。

　すると、その笑顔を見たアルは、眩しそうに目を細めた。それから誤魔化すように口を開く。

「と、ところでフロレンシア。腹は減っていないか？」

「……今のところは。少し喉が渇いたけれど、まだその瓶に手を出す気にはならないわね」

　その水は二人の最後の生命線だ。それが無くなってしまえば、あとは死を待つだけとなる。

　周囲にはこんなにも水が溢れているのに、それを飲み、喉の渇きを潤すことはできない。なんとも不思議な気分だ。

「そうだな。もう少し渇きが酷くなってから飲もうか。それから、今あるものはできる限り平等に分け合おう。なんせ我らは、一蓮托生なのだから」

　フロレンシアは、アルからの提案に頷き、内心で深く安堵する。

　男と女ではどうしても力の強さや体力が違う。もしアルが少しでも長く生きたいと思い、物資を独り占めしようとすれば、実に容易くできてしまうのだ。

だが彼は、こんな状況であってもフロレンシアの言葉に笑い、そして、紳士として気遣ってくれる。

今、共にいるのがこの人で良かったと、フロレンシアは心から思う。

二人を乗せた救命艇は、そのまま海の上を漂い続けた。

正午を過ぎると、気温が上がり、暑さに耐えられなくなったフロレンシアはかぶっていた毛布を脱ぎ捨てる。

あまりにも夜と昼の寒暖差が激しい。これでは体を壊しかねない。

さらにはまったく変わらぬ風景に、時間がゆっくりと過ぎていく。これがまた精神に多大なる負担をかける。

時間だけはたっぷりとあるからか、頭だけはやたらと良く回って不安を煽る。死への恐怖が止まらない。

(どうにもならないことを、考えても仕方ないのに……)

暗い後ろ向きな思考から気を逸らしたくて、フロレンシアはアルに提案をする。

「ねえ、アル。何かお話をしてくださらない？」

「……話？」

「ええ。なんだっていいわ。好きなものや嫌いなもの。小さな頃の思い出、将来の夢。このまま海をただ黙って眺め続けていたら、気が滅入ってしまいそう」

すでにフロレンシアの心は、絶望に囚(とら)われかけていた。

「……それもそうだな。ならば交互に話さないか。それとすぐに話せるような手持ちの話題がないから、できれば君から話してほしい」

彼の依頼に、それもそうかとフロレンシアは頭を巡らせる。

そしてなんとなく自分の身の上話をしたくなった。あまり面白みのない、けれどたった一つしかない、自分の人生のことを。

ここで共に死ぬかもしれない。ならばその前に、少しでも自分のことを彼に知ってほしいと思ったのだ。

優しい彼ならば、フロレンシアのつまらない人生の話も、笑って聞いてくれる気がした。

「……では私から。私の家族のことを」

「ああ、聞かせてくれ」

アルの優しい目に励まされ、フロレンシアは口を開いた。

「家族は両親と兄。十年前うっかり父が詐欺師に騙(だま)されて、実家が没落してしまったの」

「いきなり重いな！　……詐欺、というのは？」

「鉄道が走る計画があるからと、なんにもない荒地を高値で買わされたのよ」

「…………」

アルが手を顎に当て、何かを考え込むような仕草をする。きっと騙されたのは父だけではないのだろう。何か思い当たることでもあったのかもしれない。

この詐欺事件は、組織的に行われていた。政府の役人だという男、政府から工事を受託したという業者、融資をするという銀行。入れ替わり立ち替わり様々な登場人物が現れては、悩む父を唆した。

そして最初は警戒していた父も、あっという間に騙されてしまった。

「そのせいで我が家は破産寸前になって。でも私が十二歳の時に、大金持ちの四十歳年上の男性に見初められて。我が家の借金の肩代わりと引き換えに、私は彼の婚約者になったの」

「これまた重いな……！」

アルが思わずといったように呻き、頭を抱えた。

「貴族の家に生まれた娘なんて、大体そんなものでしょう」

たとえファリアス公爵家に嫁がなかったとしても、結局は父によって、フロレンシアは自分を一番高く買ってくれる相手に嫁がせられただろう。ただ、それだけのことだ。

そこに、フロレンシアの意志など、一切考慮されはしない。

「結局社交界に出ることもないまま、婚約者の待つ領地へ向かう途中で、こうして沈没事故に巻き込まれてしまったというわけ」

結局フロレンシアの身の上話は、当初の予定通りなんの面白みもないままあっけなく終わってしまった。山もなければ谷もない、我ながらなんとも薄っぺらい人生である。

その最後の最後に、こんなとんでもない事態に巻き込まれるとは思わなかったが。

すると、フロレンシアの話を聞き終えたアルは額を手で押さえ、下を向いてしまっていた。

「……なるほど。あまりの不憫さに言葉も出ないな。……君は家族を恨んでいるのか？」

聞かれてフロレンシアは家族を思い出す。なにやらもう随分と会っていない気さえする。

色々あったせいで、体感する時間の流れが狂っているのだろうか。

「難しいところね。我が家が生き延びるためには、そうするしかなかったんですもの。他にもっと良い選択肢があったのなら、恨んだかもしれないけれど。他に方法がなかったのなら、仕方がないかと思って」

「そもそも君の父親が詐欺師に騙されたことが悪いんだろう？　そのツケをのうのうと娘に払わせている。そのことに君は怒っていいはずだ」

「まあ、そうだけれど。今更父を責めたところで、過去も私が売られる事実も変わるわけではないもの」

それに、父は開き直って激昂するだけだろう。想像するだけで何もかもが億劫でしかない。変わらない人間に時間や労力を割くのは、正直言って無駄だ。

「――それに兄だけは私をとても可愛がってくれた。この結婚話にも憤ってくれた。そんな兄が、父の作ったくだらない借金を背負わされずに済むだけでも、嬉しいわ」

兄にはなんの罪もないのに、そんな彼が一番フロレンシアの身を案じてくれた。

「そんなに簡単に諦めていいものなのか？」

「諦めるしかないのよ。多かれ少なかれ、この国の女性は皆そういう思いをしているものよ」

皆必死に自分の中で折り合いをつけて、一方的に押し付けられた人生を生きているのだ。

アルは、小さく唇を噛んだ。本当に善良で公平な人だと、フロレンシアは思う。

「それにまあ、まだ不幸になると決まったわけではないわ。与えられた場所で、できるだけのことをして、幸せになれるように足掻いてみようかと思っていたのよ」

「……そうか」

アルは痛ましげにフロレンシアを見つめる。

少なくとも公爵家に嫁げば、衣食住に困ることはない。その他については、わからないが。

「――――次は、私か」

「ええ、なんでも良いからお話を聞かせてちょうだい」

やがて少しの躊躇（ためら）いの後、アルも口を開き、自らのことを話し始めた。

「……私の家族は、父と、父の後妻、そして異母弟だ」

彼の家族構成も十分に重いと、聞いた瞬間にフロレンシアは思う。

「母上が亡くなってから、父の後妻として生母よりもずっと良い家柄の継母が入った。そして弟が生まれて。気がついたら私の居場所は無くなっていた」

「重いわ……。私よりもよっぽど酷くないかしら？　その家族構成」

フロレンシアは思わず突っ込んで聞いてしまった。するとアルは「言われてみればそうか」などと言って指先で頭を掻いた。

「まさか……船の中でアルが命を狙われていたのって」

「ああ。おそらく継母と異母弟が裏にいるのだろう。彼らは私を亡き者にしたいんだ。……父の後継の座が、喉から手が出るほど欲しいらしい」

「なんて、酷い……！」

母は違うとはいえ血の繋がった実の弟が、実の兄の命を狙うなどと。自分の兄とは仲の良いフロレンシアが思わず眉間に皺を寄せれば、アルは肩を竦めてみせた。

「フロレンシア、君はやっぱり面白いな。自分の境遇は仕方がないと諦めるのに、私の境遇はそんなふうに憐れむのか」

「だって、それはあなたも一緒でしょう？」

「……そうか。それもそうだな」

そして、また二人で照れたように笑い合う。やはりこの人だけでも助けたいと、フロレンシアは強く思う。

彼は、こんな場所で死んではいけない。このまま彼がここで命を落とせば、全てがその継母と異母弟とやらの思い通りになってしまうではないか。

（……ここで、できることをしましょう）

結局は、死ぬ運命なのだとしても。せめて、できるだけ足掻くのだ。

その後も二人は会話を続けた。少しでも体力を温存するのなら黙っていたほうが良いのだろうが、それでは先に心が死んでしまいそうだったからだ。

海の上を漂流する間に、ささやかな彼の情報が増えていく。

苦手なものはお酒。好きなものは甘いもの。

「男のくせに酒が飲めないのか、と良く馬鹿にされるよ。でも飲むとすぐに頭痛がして気持ちが悪くなってしまうんだ」

「くだらないわね。そんなもの、男も女も関係ないでしょうに」

「しかも男のくせに甘いものが好きなのかと馬鹿にされるのが怖くて、実は隠している」

「本当に馬鹿馬鹿しいわ。男だろうが女だろうが。甘いものは美味しいのに」

「ああ、好きなんだ」

少し恥ずかしそうに、アルは鼻の頭を掻いた。

確かに男性には、口に出し辛い嗜好なのかもしれない。

「フロレンシアも好きか？」

「あれば食べるけれど、それほどでもないわ。でも兄が大好きで、自分で買うのは恥ずかしいからと、私が食べるということにして、甘い菓子を取り寄せさせるのよ。そして届いたものを横流ししていたわ。男性で甘いものが好きな方、実は多いのではないかしら」

「へえ、なるほど。兄上の気持ちがわかるよ。私もこっそり乳母に取り寄せてもらっては、横流ししてもらっていた」

男の人も大変なのだな、とフロレンシアは思う。女が女らしさを求められるように、男もまた男らしさを求められるのだ。

それを、息苦しいと思う。勝手に決められた枠に嵌められて、好きなものを好きと素直に言えないなんて。

「得意なことは剣術と馬術。それから射撃かな。大会で何度か優勝している。だから父の後を継げなかったら、軍に入ろうと思っていたんだ」

逆に得意分野は随分と男性らしい。そんな落差が面白くて、フロレンシアは微笑む。

彼という個を知ることが、楽しい。もっと知りたいと思う。

そしてフロレンシアも、彼に自分に纏わる話をする。

髪も肌も目の色も、全体の色素が薄いのも。北国からやってきた先祖返りであること。

暗闇に強い目もまた、極夜のある北国から受け継いだものだということ。

「……確かに北のアーリア王国から贈られた、王女の話を聞いたことがある」

「まあ、意外に知られた話なのかしら？」

それから嫌いな食べ物は特になく、好きな食べ物は肉。

「肉……」

「お腹いっぱい食べたいわ……。美味しいわよね、お肉。私、表面を軽く炙ったただけの、生焼きな焼き具合が好みなの」

生っぽいのなら生っぽいだけ良い。血が滴るくらいの焼き加減が最高だ。そして、噛み切れないくらいの硬さがいい。

――生きて帰れたら、絶対に、心ゆくまで肉を食べるのだ。

「……本当に君の胃袋は、随分と野生味に溢れているんだな……」

どこでも生きていけそうだ、と。アルは体を震わせて、必死に笑いを堪えている。

「そんな花の蜜しか飲んでいません、みたいな可憐な見た目をしているのに」

「花の蜜なんて、お腹の足しにならないじゃないの」

「違いない」

ちなみに婚約者の公爵には、ちゃんと猫をかぶって好きな食べ物は『甘い焼き菓子』であると伝えてある。そして公爵から贈られた菓子は、もちろん全て兄に横流しした。

なんせ、フロレンシアが本当に好きな食べ物は『限りなく生に近い焼いた肉』なのだから。

そんな話をしたら、とうとうアルは堪えきれないとばかりに吹き出し、声をあげて笑った。

不思議と馬鹿にした感じはなく、笑われてもフロレンシアは不快にならなかった。

「趣味は刺繍と読書かしら。あなたも知っている通り、私は夜目がきくから、皆が寝静まった後にこっそりと刺繍や読書をするの」

夜はフロレンシアだけの時間だった。深夜、皆が寝静まった後に、誰からも干渉されず自分の好きなことだけをする至福の時間。

「なるほど。私と同じで趣味の方は女性らしいんだな」

「なかなかうまく組み合わないものね。ちなみにまだ飲んだことはないけれど、父も母も兄もお酒に強いから、実は私も強いのではないかしら」

「ますます互いの能力を交換したいものだなぁ。酒宴のときに、是非代わってほしい。酒を飲めないことを誤魔化すのは、なかなか難しいんだ」

人生とは、なかなか上手くいかないものである。

「ちなみにそんな私の将来の夢は、裕福な未亡人になって、夫の遺産で自由に国中を旅行することだったわ」

続くフロレンシアの言葉に、アルはまた腹を抱えて笑い転げた。流石に少しばかりフロレンシアの婚約者が気の毒になったと言って。

確かに不謹慎な夢であったと、フロレンシアも思った。

これではまるで、婚約者に対し、早く死ねと願っているようなものではないか。

「よく考えると、ひどい女ね。私」

フロレンシアもくすくすと笑う。

それにしても、こんな絶望的な状況下であっても、人は笑うことができるのだな、とフロレンシアは思う。

――一人ではないことは、こんなにも心を救うのだ。

そして、その日の夕方、フロレンシアの身には悲劇が起きていた。

「痛っ！」

フロレンシアは、身じろぎした瞬間、思わず子供のような声を上げた。

顔や腕など、今日一日陽に晒していた部分が赤らみ、熱を持ち、ヒリヒリとした不快な痛みをフロレンシアに伝えてくるのだ。

「どうかしたのか？」

「肌の表面がヒリヒリと痛いの。なにかの病気なのかしら……」

こんな救命艇の上で、妙な病気にかかってしまうなんて。フロレンシアは愕然とする。

真っ青になったフロレンシアに、心配してその肌を見たアルが、安堵の息を吐く。

「大丈夫。それはただの日焼けだよ」

「日焼け？」

「太陽の熱によって起こる、低温火傷（やけど）のことだ。ずっと屋敷に閉じこもっていた君は太陽に慣れていないから、余計に酷く出てしまったんだろう」

言われてフロレンシアはしみじみと自分の肌を見る。確かに真っ白だったはずの彼女の肌は、随分と色味を増していた。

「ほら、鼻の頭も真っ赤だ」

アルは指を伸ばし、フロレンシアの鼻先にちょんと触れる。するとピリッとした痛みが走る。

思わずぎゅっと目を瞑(つぶ)れば、その顔を見て、アルがまた小さく笑った。

一体自分は今、どんな見た目をしているのだろうかと、少々心配になる。フロレンシアの容姿を資産と考えている両親が見たら、卒倒してしまうかもしれない。だが、そんなことよりも。

「ふふっ。うふふふ」

フロレンシアは何故か笑いが込み上げてきた。そうだった。もう、別に良いのだ。

婚約者のために、肌が焼けることを気にする必要はない。太陽の下で過ごしたって良い。

――だって、ここではアルとの二人きりなのだから。

つまりは、何をどうしようが、フロレンシアの自由なのだ。死ぬ前に貴重な体験ができた。

くすくすと笑い続けるフロレンシアを見て、アルは不可解そうな顔をしていた。

とうとう頭がおかしくなってしまったと思われているのかもしれない。

「太陽の下で、無防備に過ごすと、こんなふうになるのね」

初めて知ったと言えば、なるほど、とアルも納得して笑った。

「初めての経験を楽しんでいるところ悪いが、あまり陽に焼けない方が良い。酷くなると熱が出ることもあるし、体力を消耗してしまうからな」

暑いかも知れないが、と言って、アルはフロレンシアにまた毛布をかけてくれた。本当はもっと肌を焼いてみたい気もしたが、確かにこれ以上体力を消耗するのは危険だろうと、フロレンシアは素直にそれを受け入れた。

夕闇に染まる空を、二人で寄り添って眺める。漂流二日目の夜が、近づく。

「……フロレンシア。君がいてくれて、本当に良かった」

アルがふと、泣きそうな声で、そうこぼした。

「君がいてくれるから、私はちゃんと、人でいることができる」

自分一人では、とてもこの状況に耐えられなかったと。とうに心が折れて獣のように無様に泣き叫んでいただろうと。

自分を律し、人間としての尊厳を保っていられるのは、フロレンシアが共にいてくれるからなのだと。

そう、アルは呟き、フロレンシアを見つめた。

「そうね。私もあなたがいてくれて、よかった」

自分も全く同じことを考えていた。フロレンシアは頷いて、彼を見つめ返す。

きっと一人だったのなら、もっと自暴自棄になっていたことだろう。

互いの存在が、人間としての品位を守る抑止力となっていたのだ。

それからフロレンシアは、アルフォンソの横顔を眺める。彼は唇を噛み締め、何かを耐えるように海を睨みつけていた。その、張り詰めたような空気を、不思議と痛々しく感じる。

「……でも別に泣くくらい、してもいいと思うけれど」

アルの顔を覗き込んで、フロレンシアは笑う。きっと彼は泣きたいのだろうと思ったのだ。

「……男が女性の前で涙を流すなんて、許されないことだ」

「そう？　私は今この場でアルが泣き叫んでも、別に気にならないわ」

この状況では、多少泣き叫ぶくらい許されるだろう。むしろ平然といられることの方が、おかしいのだとさえ思う。

「………………そうか」

彼の張り詰めた心が緩むのを感じ、フロレンシアは追い討ちをかける。

「ほら、泣いてしまっても、良いわよ。どうせここには私しかいないもの」

そう甘やかすような声で、唆す。まるで小さな子供に対するように。

すると、みるみるうちにアルの紫水晶の目から大粒の涙が溢れて、次から次へと頬を転がり落ちた。ずっと、堪えていたのだろう。

大人の男性が、こんなふうに泣く姿を、フロレンシアは初めて見た。

なんとなくそうすることが正解な気がして、フロレンシアは両手を広げ、彼を全てから隠すように、抱きしめる。

いつ死ぬかわからない、こんな状況だからこそ、フロレンシアはもう、何一つ後悔したくなかった。

頬をつたう彼の涙を何故か勿体無く感じて、そっと唇で吸い上げる。

「怖い……本当は怖くて怖くてたまらないんだ……」

「……ええ。怖いわよね」

「……死にたくない。死にたくないいんだ……。私はまだ、何もしていない。何も残していないのに」

「ええ。私も今頃になって、自分の人生を悔やんでばかり」

小さく震え、しゃくりあげる大きな背中を、優しく撫でてやる。

どうせ、遅かれ早かれ人は死ぬのだ。ならば、もっと好きに生きてしまえばよかった。できることを、できる限りやってみればよかった。嫌なことは、嫌と言えばよかった。

――今更、こんな状況になって、そんな当たり前のことに気付く。

「すまない……男のくせに、情けなくて……」

肩を震わせぐずぐずと泣きながら、アルがフロレンシアの耳元で詫びる。

女が女らしくあることを望まれるように、男もまた、男らしくあることを強いられる。

きっとこの人は、ずっと我慢してきたのだな、とフロレンシアは思った。

女性であるフロレンシアの前で、必死に、無様な姿を晒さないように。

何故か、そんな健気な彼の姿に、胸がきゅうっと締め付けられる。

（なんだか、可愛い……）

年上の男性に対し、おそらく本人は喜ばないであろう感情を、抱いてしまった。

ぽろぽろとこぼれる涙は、綺麗だ。見苦しいなどと、とても思えない。

「気にしないで。それにあなたが実は泣き虫だなんて、こんな場所じゃ他の誰にも言い触らせないもの。どうぞ安心して、好きなだけ泣いてちょうだい」

するとアルは泣きながら笑った。泣けば体力こそ消耗するかもしれないが、少しでも心が楽になるのであれば、安いものだ。どうせ死ぬのならば、心安らかに死にたいではないか。

ひとしきり泣いた後、ようやく泣き止んだアルは、心配そうにフロレンシアの顔を覗き込む。

そんな彼の赤くなった目元に、フロレンシアは笑いかけてやった。最初の言葉通り、何も気にしてはいないのだと、そう彼に伝えるために。

すると、今度は彼の唇が、恐る恐る近付いてくる。

フロレンシアはそれを受け入れるために、目を伏せた。

不思議と、そうすることが自然だと思えた。嫌悪感はなかった。

唇に柔らかな温もりが触れる。ほんの少しだけ、彼の涙でしょっぱい。

角度を変えながら、何度も触れるだけの口付けを繰り返す。まるで、慰め合うかのように。

それから労り合うように、頬を擦り合わせた。

アルは赤くなった目元を隠すためか、恥ずかしそうに俯く。

「……す、すまない」

「いいえ。全く」

フロレンシアは淡々と返す。素直に感情を出せることは、良いことだ。

触れ合うことで少しでもこの先を生きようと思えるなら、良いことだ。

そして、やはりアルの泣き顔は、とても可愛いと思う。

「フロレンシアは、泣かないんだな。女性とはもっと容易く泣くものだと思っていた」

「……言われてみれば、確かに物心ついてから、あまり泣いた記憶はないわね」

親に怒られても、転んで膝を擦りむいても、フロレンシアに泣いた記憶はない。

「君は本当に強いな……。私は男のくせにみっともなくて、情けない」

しょんぼりと肩を落とすアルの頭を、フロレンシアは慰めるように撫でてやる。

「そんなもの、本当は男女関係ないのではないかしら。ただの個人の特性だと思うわ」

性別によって周囲から勝手に様々な傾向を決められるのは、なんだか勿体ない気がした。

泣かない女がいても、泣く男がいても、別にいいのではないかとフロレンシアは思う。

「……私も君のような、強い人間になりたかった」

アルが手を伸ばし、フロレンシアの頬に触れた。そこから伝わる温度に、心臓が跳ねる。

誤魔化すように、己の過去を振り返る。最後に泣いたのは、いつだったろうか。

「……ああ、そういえば、婚約者から社交界に出るなと命じられた時は、悲しくて辛くて悔しくて、涙が出たわね」

――本当は、子供の頃からの、夢だった。

十七歳になったら、この長く伸ばした髪を結い上げて、裳裾(トレーン)の長い白いドレスを着て、国王陛下に拝謁し、美しいお辞儀(カーテシー)を決めて、華々しく社交界にデビューするのだと。

「社交に出してもらえなかった、その理由は？」

「……他の男の前に、姿を晒すなと」

ずっと、デビューに向けて準備をしてきたのだ。礼儀作法、教養、ダンスに至るまで。

だがその夢は、婚約者の一存で、あっさりと潰(つい)えた。

金銭的援助を受けている以上、公爵に逆らうことは、できなかった。

フロレンシアはほんの少しだけ泣いて、翌朝にはいつものように仕方がないと笑って諦めた。

「聞けば聞くほど、ひどい男だな。君の婚約者は」

「……そうね。お会いしたことがはないから、本当はどんな方なのかもわからないけれど」

きっと自分は今頃、船と共に海に沈んで、『死んだこと』になっているに違いない。

流石に公爵も自分が手配した乗船券で乗った船が沈み、フロレンシアが死んだとなれば、コンテスティ伯爵家に対するこれまでの援助の返済を求めたりはしないだろう。

つまり、もう、フロレンシアの伯爵令嬢としての役目は、これで終わったということだ。

そしてこれから先は、もう何も期待されないということで。――自由だと、いうことで。

「もし生き残れたら、逃げてしまおうと思うの」

もし陸に上がれたら、もうフロレンシアは実家にも、公爵の元にも帰るつもりはなかった。

生まれ変わった気持ちで、第二の人生を生きるのだ。フロレンシアという個の人間として。

自由に太陽の下を歩いて、口を開けて笑って。——できるなら、恋だってしてみたい。

そう口に出せば、また思わず笑いが込み上げてきた。

くすくすと楽しそうに笑い続けるフロレンシアを見て、アルも小さく笑う。

「いいな。私も逃げてしまいたい」

「あら？　それなら私と一緒に逃げる？」

「……そうだな。それができたらいいな」

アルは、困ったような顔をした。彼の背負ったものは、きっとフロレンシアよりも遥(はる)かに重いのだろう。捨てたくとも捨てられないものを抱えているのだ。

「このまま二人で逃げてしまいたいよ……」

「私は大歓迎よ。あなたがいたら心強いわ」

この状況下で未来の話をすることは、不毛かもしれない。だが、それは確かに二人の心を慰撫(いぶ)し、励ました、
そうだ。もし生き残れたら、彼を連れて逃げてしまおうか。遠い、遠いところまで。

「……なあ、フロレンシア。君の婚約者というのは、ファリアス公爵のことか？」

ぽつりとこぼされたアルの言葉に、未来の妄想をして楽しんでいたフロレンシアは、突然冷や水を浴びせられたような気分になった。

彼に自分の婚約者がファリアス公爵であることは、まだ、伝えていないはずだった。

そのフロレンシアの表情から、自分の推測が正しいと、アルは確信したのだろう。

「船の行き先にある領地の領主、そして君より四十歳以上年上の独身男性となると、もう彼くらいしか思いつかない」

フロレンシアは、ただ頷いた。今となってはもうこの婚約もないものとなっているだろうが。

「だが、彼が再婚するという話を、私は聞いていない」

確かにフロレンシアとの婚約は公にはされていない。そのことに、フロレンシア自身も疑問を持たなくもなかったが。

「言い辛かったのではないかしら？　流石に自分の孫のような年齢の小娘と結婚するなんて」

「だとしても本来、貴族の結婚は公示されるべきものだし、国王への報告も必要なはずだが」

アルは顎に手を当てて、考え込むような仕草をする。

「公爵が色ボケた、という可能性もなくはないが、彼は元々愛妻家だった。奥方が病で亡くなって以後、何年経（た）っても、どれほど周囲から勧められても、後添えを娶（めと）らなかったほどで」

その話を聞いて、フロレンシアのファリアス公爵への心象（イメージ）がずいぶんと変わる。

これまで若い女性を好む、好色な老人を勝手に想像していた。

「彼は腹の中こそ真っ黒だし、可愛げがないし、私の中で比較的嫌いな人間に分類されるが、愚かではない。……君との結婚には、何らかの理由があるはずだ」

嫁いでも想定していたよりは、大切にされたのかもしれないとフロレンシアは思った。

もちろん、今更戻るつもりはないけれど。

「――ああ、そういうことか」

しばらくして、考え込んでいたアルは、得心がいったとばかりに頷きながら呟いた。

「あのクソジジイ、勝手なことを……」

舌打ち混じりのその声は冷たく、今までにない凶暴な色が見えた。確かにアルは公爵のことが嫌いなのだろう。

「なにか、わかったの?」

「気にしないでくれ。……君は、知らなくても良いことだ」

だが彼の眉間には深い皺が寄り、実に不快そうだ。おそらく、本当にフロレンシアは知らない方が良いことなのだろう。

出会ってからずっと物腰の柔らかい彼に慣れていたフロレンシアは、こんな表情もできたのかと驚きながら彼を見つめる。

「……すまない。君は、本当に何も悪くないんだ」

フロレンシアを怯えさせてしまったと思ったのだろう。慌ててアルは表情を緩め、彼女の色味の薄い金糸を、労(いた)わしげに撫でた。

「あなたがそう言うのなら、あえて知りたいとは思わないわ。大丈夫よ」

もう、全て終わったことだ。くだらない好奇心のために、こんな状況で、あえて知らなくていいことを知って、精神的な損傷(ダメージ)が増えるような真似は避けたい。

「あなたが聞いてほしいと言うのなら、聞くけれど」

事なかれ主義のフロレンシアらしい選択に、アルは笑う。

「君の耳に入れたいとは思わないな。君は棺桶(かんおけ)に片足突っ込んだ老人の、身勝手で下らない計画に巻き込まれただけだ」

やはりこの結婚には、何らかの裏事情があったらしい。アルの不快そうな顔を見るに、まあ、碌でもない話なのだろう。

「……なあ、フロレンシア。どうせなら、デビュタントの真似事(まねごと)でもやってみないか」

それから、思いついたように悪戯っぽく笑い、アルが突然そんな提案をしてくる。

「あんな腹黒老人にせっかくの機会を奪われたままだなんて、悔しいじゃないか」

「――え？　ここで？」

「ああ。今、ここで。どうせなら死ぬ前に、したいことをしておかないか？　君の自慢だというお辞儀(カーテシー)を見てみたい」

「そうねえ……」

確かにそれはいい考えかも知れない。フロレンシアは笑って、そっと立ち上がる。

そして、アルを国王陛下に見立てて、彼に向かいドレスの裾を指先で持ち上げる。

流れるように右足を斜め後ろ内側に引き、背筋をまっすぐにしたまま腰を落とした。

フロレンシアは、僅かに揺れる救命艇の上でも、指先まで完璧なお辞儀(カーテシー)をしてみせた。

アルは本物の国王陛下のように、威厳たっぷりに畏(かしこ)まった顔をして鷹揚(おうよう)と頷くと、フロレンシアを、熱を持った視線で見つめる。

「――ああ、綺麗だ。間違いなくそのシーズンのデビュタントで、一番だったはずだ」

「……ありがとう」

そして照れたように笑うフロレンシアに、アルは手を差し伸べる。

「では私と踊っていただけますか？　レディ？」

「ふふっ。喜んで」

フロレンシアは請われるまま、彼の手に自らの手を乗せた。

そしてすぐに腰を抱き寄せられ、ピッタリとくっついて救命艇の上でゆっくり体を揺らす。

小さな救命艇の上ではそれで限界だったが、それでもフロレンシアは満たされた気持ちになった。こんな感情は、初めてだ。

距離が近すぎて、フロレンシアの激しい鼓動の音が、アルに聞こえてしまいそうで怖い。

「私がデビュタントのダンスの相手をするなど、なかなかないぞ」

「まあ！　あなたがどこの誰かはわからないけれど、光栄ですわ」

「…………」

しょんぼりと眉を下げる彼をみて、フロレンシアはまた笑った。

こんな状況でも、こうして自分は理性を保ち、楽しみを見つけ、笑えるのだ。

――そのことを、人として、誇らしく思う。

「……ありがとうアル。とても嬉しいわ」

心の底からフロレンシアは思い、アルに笑いかける。そんなフロレンシアを、彼は眩しげに目を細めて見つめた。

「ねえ、アル。あなたにはなにか叶えたい望みはないの？」

できるならば、彼の願いも叶えたい。彼の腕の中で、フロレンシアが問えば、アルの手がフロレンシアの顎に伸ばされ、指先でそっと触れてくる。

彼を見上げれば、なぜか彼は苦しそうな顔をしていた。

「……私は、君に触れてみたい」

「…………はい？」

現在進行形で触れている。だが、彼がそういった意味で言っているわけではないということは、フロレンシアにもなんとなく察せられた。

嫁に行くにあたり、男女の間にあることは、一応教育係から大まかに聞いてはいる。

（それは、死ぬ前に、そういった行為におよんでみたい、ということかしら）

死を目の前にして、その気持ちはわからなくもないし、フロレンシア自身も、また全く興味がないわけではないが、一応貞淑な嫁入り前の娘としては、抵抗がある。

あの時、やはりそういった目的で自分に声をかけたのかと、フロレンシアの心が痛んだ。

確かに自分の身につけているドレスは扇情的なものだが、それでも悲しいし、寂しい。

思わず蔑（さげす）みを含んだ目で軽くアルを睨めば、誤解に気付いた彼は、慌てて首を横に振った。

「ち、違うぞフロレンシア！　死ぬ前に誰でもいいから一発やっておきたいとか、そういうんじゃないんだ！」

「……はあ。一発……？」

それははたして、銃の弾のように数えられるものなのか。

あまりに露骨な表現ゆえにむしろ育ちの良いフロレンシアには意味がわからず、首を傾（かし）げると、己の失言に気づいたアルが、さらに悲鳴を上げた。

「頼む！　信じてくれ！　違うんだ……！　あわよくばとか、下心があったわけではなくて。いや、全くなかったと言えば嘘（うそ）になるが……」

またアルの目がうるうると潤み始めた。彼の情緒は大丈夫だろうか。

「君だからだ！　君だから、私は触れたいんだ……！」

「………はあ」

錯乱しているアルが大声で叫んだ。フロレンシアはどう反応を示せば良いのかわからず、冷たい対応をしてしまう。

すると、彼が両目から大粒の涙をボロボロとこぼした。涙腺が壊れてしまっているらしい。


「一目惚れ、だった！　君を一目見て、私は恋に落ちたんだ……！」


そして彼は、顔を真っ赤にして泣きながら必死に言い募る。

「…………」

「助けてもらった時は、もしかしたら君も私を憎からず思ってくれているのではないか、などという淡い期待を持ったりもしたが」

ちなみにその期待は、あっさりとフロレンシアが叩き潰した。そのことに少々罪悪感が湧く。

「自分から女性に話しかけることなんて、これまでなかったのに。あの時、思わず君に話しかけてしまった」

甲板で海を眺めながら、薄い金の髪を風に遊ばせながら歌っている、妖精の如き美女。

そのままでは風の中に消えてしまいそうで、思わず声をかけてしまったのだと。

「……てっきり身持ちの悪い女だと思われているのかと」

「まさか！　そんなわけないだろう！　海に向かって歌を歌う君は、本当に美しくて……。セイレーンは、獲物となる人間の男を誘き寄せるため、その男の理想とする女性の姿で現れるという。だから——」

フロレンシアは彼からセイレーンなどという、とんでもない疑いを持たれたのか。

「そして、こうして君と話してみれば、本当に楽しくて。その心まで好きになってしまった」

「…………そう」

フロレンシアは恥ずかしくて、やはり下を向いて妙に素っ気ない返事を返してしまう。

「……死ぬ前に、『恋の成就』というものを経験してみたかった」

その言葉は、切なくフロレンシアの胸に響く。求められて、湧き上がったのは歓喜だ。

それからアルは覚悟を決めたように顔を上げ、潤んだ目でフロレンシアを真っ直ぐに見つめ、口を開いた。

「——フロレンシア。君は先ほど、恋がしてみたいと言ったな」

「……ええ」

確かに言った。もちろんそれは、ここから生きて帰れたら、の話だったが。

「だが、残念ながら今ここに、その相手となりうる人間は、たった一人しかいない」

「……はあ」

するとアルが、フロレンシアの細い指を、自らの手でぎゅっと包み込み、口を開く。

「というわけで、ここはひとつ、私に恋をしてみないか?」

「…………」

あまりにも身も蓋もない愛の言葉に、フロレンシアは唖然とする。

確かに一人しかいない。選択の余地がない。だから自分で手を打てとアルは言っているのだ。

だがフロレンシアの手を握るアルの手は僅かに震え、目元は緊張からかやはり潤んでおり、
その頬は少年のように真っ赤に染まっていて。

言葉こそ軽いが、彼が相応の覚悟持って、フロレンシアに愛を乞うていることは、わかった。

「ふふっ……!」

フロレンシアは堪えきれず吹き出すと、思わず声をあげて笑ってしまった。

正直なところ、自分が思い描いていた素敵な恋の始まりとは程遠い。

――だが、これはこれで、悪くないと思う。必死な彼を、愛おしく思う。

心臓の音が、徐々に大きく早くなっていく。

ここは、陸の見えない海で、揺れる小さな船の上。

そんな絶望的な環境の影響で、生じた思いを恋だと勘違いをしているのかも知れない。

だが、それでも後悔はしないと思えた。何より人間として、彼を信用していた。

涙が溢れるほどに笑い続け、そして、笑われたことが衝撃だったのか、やはり情けない顔で

眉を下げて涙目になっている彼に、フロレンシアはしっかりと頷いてみせた。

「――ええ。私、あなたに恋をしてみるわ」

すると、やはりアルの目から、またぼろっと涙が溢れた。相変わらず水分量の多い男である。

(もしかしたら、彼の言う通り、実は私も一目惚れしていたのかもしれないわ)

婚約者がいるという枷が外れてしまえば、アルの顔は、実にフロレンシアの好みだ。

さらに彼の泣き顔も、とても可愛らしいと思う。その優しく公正な性格もまた、好ましい。

あの時、冷たくあしらった後の罪悪感がしばらく拭えなかったことも、追われている彼を見て放って置けないと思ったことも、事なかれ主義の自分が、手を差し伸べてしまったことも。

それならば、納得ができる。

アルから手が伸ばされる。そして、その指先が、フロレンシアの顎に、温度を確かめるかのように触れる。そしてそのまま引き寄せられ、食むように、唇を奪われた。

やがてアルの手が、フロレンシアの長い髪に差し込まれ、そのまま食べられてしまうのではないかと思うほどに、深く口付けられる。

呼吸が苦しく、思わずうっすらと唇を開けば、そこにぬるりと彼の熱い舌が入り込んでくる。

「んっ、んう……」

内側の粘膜を暴かれる未知の感覚に、フロレンシアの背中がぞくぞくと震える。

そして、口付けの合間に、彼の手がフロレンシアの体を弄り始めた。

まずはその形を確かめるように、その表面を撫でる。布面積の少ないドレスは、たやすく彼の手の侵入を許してしまう。

日に焼けて熱ったせいで、肌が普段より敏感になっており、触れられるたびにフロレンシアの全身に、不思議な疼きを呼び起こす。

それからアルは、ドレスの留め具を器用に外していく。

このドレスは公爵の趣味なのか、着脱も非常に容易くできるようになっていた。

留め具を数カ所外すだけで、すとんと足元に落ちてしまう。さらにはその下のコルセットまで、あっという間に外されてしまった。

月明かりに照らされ、フロレンシアの身体が白く浮かび上がる。

ほぼ生まれたままの姿になって、その肌にアルの視線を感じ、フロレンシアは身を縮ませた。

侍女以外に、体を見せるのは初めてだ。緊張で震える。

女性らしい膨らみに乏しい、貧相な体だ。彼はがっかりしてしまうのではないだろうか。

「なんて、綺麗なんだ……」

だが、そんなフロレンシアの心配をよそに、アルの口からこぼれたのは、恍惚とした賞賛の言葉だった。

そしてアルの大きな手のひらが、フロレンシアの控えめな乳房に触れた。

「――っ！」

思わず大きく体を逸らし、震わせる。すると、アルの手が止まった。

「…………すまない。調子に乗ってしまった。いくらなんでもがっつきすぎだ」

そして、フロレンシアの体から手を離す。その顔には罪悪感がありありと浮かんでいる。

突然夢から覚めたような気になり、フロレンシアは少し残念に思う。

それにしても、本当に誠実な人だ。これほど死を目前にしても、強引に事を進めようとはしない。――フロレンシアを踏み躙るような真似はしない。

だから――――彼ならば良い、とフロレンシアは思った。

腕を伸ばし、アルの逞しい首に絡める。そして、その耳にささやく。

「――――続けて。私、あなたに愛されてみたい」

どうせ死んでしまうのなら、もう、後悔はしたくないのだ。

「しておきたいことはしておきましょう。だってこのまま死んでしまうかもしれないんだもの。もったいないわ」

「……本当に思い切りが良いな。フロレンシアは」

アルはどこか途方に暮れた、泣き笑いのような顔をした。

「……もし、生きて陸に戻れたら。必ず責任を取らせてくれ」

生真面目な彼の言葉に、フロレンシアは微笑む。これから先、どうなるかはわからない。

だが、アルの言葉は、素直に嬉しかった。

「ああ、本当に綺麗な肌だ。滑らかで、手のひらに心地良い」

感嘆の声を漏らしながら、アルは優しくフロレンシアの体を探る。

フロレンシアは熱いその手のひらに肌を撫でられるたびに、不思議と息を詰めてしまう。

「んっ、あ……」

やがてたどり着いた小さな乳房をアルの手のひらが揉みしだき、寒さで硬くなったその頂きを、指の腹で摩られる。

それだけでなにやら足から力が抜けて、フロレンシアは立っていられなくなってしまった。

思わずアルに縋り付くと、彼は救命艇の座席に座り、己の膝の上に、向かい合わせになるようにしてフロレンシアを座らせた。

大きく脚を開くことで、フロレンシアの秘された部分が外気に触れる。そのことを、生々しく感じて脚が震える。

口付けを繰り返しながら、アルはフロレンシアの胸の頂きを指で撫で、弾く。その度に痛痒いようなもどかしい快感が、フロレンシアに与えられる。

「や、あ、ああ……」

口付けの合間に、小さく声を漏らし、身悶えるフロレンシアを、アルは恍惚とした目で見つめている。

「気持ちいいか？」

先ほどまで泣いていたくせに、まるで別人のような意地悪な声で囁かれ、フロレンシアは納得がいかないながらも、なんとか小さく頷く。

「……そうか、それはよかった」

そして、更なる刺激を求めるようにぷっくりとふくらみ硬く色を濃くしたその実を、アルは指先でつまみ揺らした。

「んーっ！」

痛みに変じるすれすれの強い快感に、フロレンシアは背中をのけぞらせる。

そして、突き出すようになったその実を、アルが口に含み、軽く歯を当てながら吸い上げた。

「ひっ、ああ！」

指先とはまた違う、濡れた感覚に翻弄され、じわじわと足の付け根が甘く疼く。

下腹にきゅうきゅうと内側へ締め付けられるような痺れが繰り返され、何かが滲み出ている感覚がする。

アルは、フロレンシアの腰を抱き上げてわずかに浮かせると、秘された場所へと指を伸ばす。

フロレンシアは思わず怯えて脚を閉じようとするが、脚の間にアルの脚が入り込んでいて、閉じることができない。

そして、慎ましくぴったりと閉じたその割れ目に沿って彼の指が触れて、行き来する。

「やあ、ああっ」

やがてふっくらと盛り上がって開いてきたその割れ目に、指先が沈む。するとくちゅりと濡れた音がした。

「……よかった。ちゃんと濡れているみたいだ」

「え？　濡れてる……？」

フロレンシアが不思議そうな顔をすれば、それは男性を受け入れるために、女性の体が準備をしている証拠なのだと、アルがフロレンシアの耳をねぶりながら教えてくれる。

「つまりは、フロレンシアも、私を欲しがってくれているってことかな」

「っ！」

恥ずかしくなって、フロレンシアが顔を真っ赤にして俯くと、彼は喉で笑って彼女の手を取って、自分の股間へと導く。

そこには、熱く、硬い棒状の何かがあった。

それが何かは、知識として一応は知っていた。それを女性の中に入れて、男女は夫婦になるのだと教育係が言っていた。

(でも想像よりはるかに大きくて、硬いのだけれど……)

本当にこれが自分の中に入るのだろうか。不安になりつつも服の上からその表面を軽くさすってみると、アルが気持ち良さそうに目を細めた。

「ほら、私もこんなふうになってしまうくらいに、フロレンシアが欲しくて欲しくてたまらないんだ」

お互い様だろう？　と言われ、口付けをされて、フロレンシアも口付けをし返す。

確かにお互いに欲しがっているのなら、それはきっと、恥ずかしいことではないのだろう。

その間にも、アルの指はフロレンシアを的確に追い詰めていく。

割れ目を指で押し開き、その内側を露出させると、慎ましく隠された小さな芽を剥き出しにする。

そして、小さいながらも興奮し、硬くなったその神経の塊の表面を、そっと優しく撫でた。

「ああっ！」

わかりやすく、かつ強烈な快楽が、フロレンシアを襲う。度を超えた快感に身悶えて必死に逃げようとするが、しっかりと体をアルにおさえつけられて、逃げることができない。

じわじわと下腹部に熱が溜(た)まっていく。陰核をいたぶりながら、そっとアルの指がフロレンシアの中に差し込まれた。

「狭いな……。でも柔らかくて、温かい」

指先でフロレンシアの中を探りながら、アルが耳元で感想を言う。フロレンシアは恥ずかしくてたまらない。それなのに、余計に気持ち良くなってしまうのは、なぜなのか。

「やっ、あ、恥ずかしいからっ……そんなこと言わないで……あっ！」

「そもそもフロレンシアを恥ずかしがらせたいから、言っているんだけどな」

普段は温厚で優しいのに、なぜこんな時にかぎって意地悪をするのだろう。助けてほしくて、フロレンシアの視界がわずかに滲む。

すると、アルは彼女の目元を舐めて、非常に嬉しそうな顔をした。

やがて滑らかに指が動くようになると、もう一本指を増やされ、いやらしい水音がさらに響くようになる。執拗に責められフロレンシアの体が脱力し、頭の芯までぼうっとしてきた頃。

「フロレンシア。君をもらってもいいかな?」

そう囁くように請われて、フロレンシアはゆっくりと頷いた。

そしてアルが下履きの前をくつろがせて、自身を取り出した瞬間。

(やっぱりこれは……さすがに無理じゃないかしら?)

またしても暗闇の中、フロレンシアの闇に強い目は、しっかりとその形を捉えてしまった。

一方的に何もかも丸見えになってしまうのもまた、いささか辛い。

生々しいその形、大きさに、串刺しになる自分を想像し怖気付くが、アルに腰をしっかりと支えられているため、やはり逃げ出すことはできない。

「大丈夫だから、ゆっくり腰を下ろして」

アルが先ほど浮かせたフロレンシアの腰を宥めるように撫でながら、ゆっくりと自分の猛りの上へと下ろしていく。

くちゅりと小さな水音を立てて、その先端がフロレンシアの蜜口に触れ、沈む。そして少しずつ、その中のひだを押し広げながら、少しずつ進んでいく。

「やっあ、あああっ！」

指をはるかに上回る強烈な圧迫感と痛みに苛まれ、度々フロレンシアの腰が止まるが、その度にアルが宥めるように背中をさすり、所々肌を吸い上げながら、痛みを散らすように胸や陰核を刺激してくれる。

長い長い時間をかけて、ようやくその全てを呑み込んで、フロレンシアの臀部（でんぶ）はアルの脚の付け根へと辿り着いた。

互いに大きく息を吐く。痛くて堪（たま）らないのに、フロレンシアはこれまで感じたことのない充足感を感じていた。確かに彼と繋がっている事実に、不思議と生きていることを実感する。

「……フロレンシア。大丈夫か？」

「ええ、大丈夫よ。……とても痛いけど」

「…………すまない」

しょんぼりとするアルのその頭を、手を伸ばして優しく撫でる。そんな彼が愛おしく思う。

「ううん。私が望んだんだもの。嬉しいわ」

本来フロレンシアは、この行為を、顔も見たことのない老人としなければならなかったのだ。

それを思えば、好ましく思う人とこうして繋がれたことを、とても贅沢（ぜいたく）に感じる。

「妖精の羽を千切って、無理矢理手に入れたような気分だ」

「あら。私は人間だって何度も言っているでしょう？」

「そう考えると、むしろ興奮するって話だよ」

二人で顔を合わせ、額をくっつけあって笑い合う。

しばらくそのまま動かずにいたが、アルが少々辛そうな顔をしていることで、おそらくこれで終わりではないのだろうと、フロレンシアは気づく。

「アル。もう大丈夫よ」

そう声をかけてやれば、アルは余裕のない顔で「すまない」と言って、遠慮がちに優しく、救命艇がわずかに揺れる程度の優しさで、フロレンシアを上下に揺すった。

「ひっあ、ああ、あっ」

傷ついたばかりの粘膜を擦られ、痛みを堪えながら、フロレンシアは彼にしがみつく。

揺れるたびに、小さな水音が響く。

少しでもフロレンシアの負担を減らそうとしてくれているのだろう。アルの指が、繋がりあった場所へと伸ばされ、そこにあるフロレンシアの敏感な芽を律動に合わせて優しく、強弱をつけながら擦り上げてくれる。

痛みの中に、少しずつ甘い疼きが混ざり、下腹部に蓄積され、やがて一際強くその芽を摘まれて、決壊する。

「――――っ‼」

声もなく絶頂に達し、フロレンシアはアルにしがみついて、襲いかかる快楽の波に耐える。

だが、そんな彼女の奥深くを、アルは容赦無く穿(うが)つ。もう痛みはほとんど感じることなく、脈動を続けるその中を激しく抉(えぐ)られて、フロレンシアは息つく暇もない。

「フロレンシア……フロレンシア……！」

譫言(うわごと)のように名前を呼ばれ、揺さぶられながら口付けをされる。

「…………っ！」

そして一際激しくフロレンシアの最奥を突いて、アルはぐっと息を詰めながら、その熱を解放し、フロレンシアの中に吐き出した。

互いの荒い息遣いが聞こえる。ぎゅうぎゅうとひとつになってしまいそうなほどに互いを強く抱きしめ合えば、激しい鼓動が聞こえた。

フロレンシアの中で、アルが脈動を続けている。そのことを、なぜか誇らしく感じる。

結婚前の令嬢として、褒められたことではないことは、わかっていた。

けれど、やはり不思議と後悔はなかった。死ぬときの後悔は、少なければ少ないほど良いに決まっている。

しばらくすると、アルがフロレンシアの肩で、またグスグスと泣き始めた。

「……いやだ。やっぱりこのまま死にたくない。君と、もっと、ずっとこうしていたい」

こんなに繊細で、彼は大丈夫なのだろうか。フロレンシアは心配になってしまう。

――世界はきっと、そんなに優しくはないのに。

「……君を抱けたら、未練がひとつ減ると思ったのに。むしろ増えてしまった……」

「……そう。それは困ったわね」

「……君と、生きたい。死にたくない」

だがメソメソと一頻り泣いた後、しばらくしてフロレンシアの肩口から顔を上げたアルの目には、もう涙も諦めの色もなかった。

――なるほど。どうやら彼は泣き虫だが、弱い人間ではないらしい。

周囲が完全に暗闇に包まれた頃。二人はようやく繋がったままの体を離す。彼が中から出て行った瞬間、フロレンシアの腰がぞくぞくと震えた。

あれほど痛かったのに、いざ抜いてしまうと、自分の中が空洞になってしまったようで、不思議と妙な寂しさがある。

アルの手巾(ハンカチ)を海水で浸して体を清拭(せいしき)し、互いの衣服を整え、アルはフロレンシアを、自分の膝の上に座らせた。

「……北へ向かおうと思う。そうすれば少なくともこのレティス湾の中にいられる」

潮に流されるまま外海に出てしまえば、荒波に呑まれこの小さな救命艇では生き延びられないだろうとアルは断じた。

いま、この頼りない救命艇であっても二人が無事でいられるのは、比較的波の緩やかな湾内にいるからだ。

そして二人で星空を見上げ、星を読む。

「見てくれ、フロレンシア。あそこの五つ並んでいる星がわかるかい？　その右から二番目の星を北神星と呼ぶ。道に迷った者たちは、あの星を指針にするんだ」

レティス湾は陸側が北となっている。つまりは星のある方向へと向かえば、陸地が近づくということだ。

この救命艇でどこまで行けるかはわからないが、少なくとも何もせずただ運命に任せ、死を待つよりはいいと、アルは言った。

「アルは、色々なことを知っているのね」

「……君を抱いている時、君の肩越しにあの星が見えたんだ。それで、思い出した」

少し照れたように笑う。その顔が可愛くて、フロレンシアは思わず笑い返す。

「もしかしたら、うまいこと漁船に見つけてもらえるかもしれない。それに事故があったことはもう陸にも知られているだろうから、捜索の船も出ているだろうし」

アルは思ったよりも冷静に、状況を把握していた。泣き虫だが有能な人間のようだ。

そして、二人は昼に休み、夜に北神星を目標にして帆に風をあて、凪いでしまったら櫂で船を漕ぐという生活を繰り返した。

互いを励ますため、抱き締め合ったり口付けをすることはあったが、体を繋げることはしなかった。体力を温存し、ただ、生き残るために注力した。

だが、無情にもなんの成果もなく、日は昇り、そして落ちる。

やがて水も乾パンも残り僅かとなり、いよいよ二人に死が近づいてきていた。

今夜も二人で暗闇の中、北神星を目指して船を漕ぐ。力仕事に慣れていないフロレンシアの手のひらには酷い豆ができ破れていたが、そんなことを気にしている場合ではない。

月が真上に来た頃、流石に疲れたのか、アルが少しだけ休ませてほしいと申し出て、船の縁（へり）に寄りかかり、うとうとと眠り始めた。

フロレンシアも疲れ果てていたものの、もともとあまり長い睡眠を必要とする体質ではないため眠ることができず、糖不足で靄（もや）がかかった思考で、ぼうっとアルの寝顔を見つめていた。

月明かりに照らされた彼の顔は、どこか少女めいていて端正だ。疲労からか目の下の隈（くま）が濃いものの、フロレンシアがかつて子供の頃に想像していたおとぎ話の王子様そのものだった。

泣き虫なところは、男としては褒められたことではないのかもしれない。だが、フロレンシアは、彼の泣き顔も可愛らしく好ましいと思っていた。

フロレンシアは感情的になりそうな時、すぐに自分の中で理由を見つけて、勝手に諦めてしまう癖がある。両親には可愛げのない娘だと言われていたし、自分でもそう思う。

だからアルの素直で生き生きとした感情の発露を、羨ましく思う。

フロレンシアは眠る彼から視線を外し、顔を上げ、今度は海を眺める。

いよいよ、終わりが近付いていた。だが、ここまで追い詰められた状況で、それでも彼となんの諍いもなく過ごせたこと自体が奇跡だ。

彼は今に至るまで、最初の言葉の通り、残された物資をフロレンシアに平等に分けてくれた。

あの船が沈みかけた時の混乱を思い出せば、それがどれほど難しいことかわかる。

自分の命の危機を前に、誰もが我先にと逃げ出し、他人を顧みることもなかった。

けれどもアルは、どんな状況でもフロレンシアを尊重してくれる。

——そんな彼に、恋をしないでいられるはずがなかった。

(あの時、私が、向こう岸につかなければ良い、なんて思ったからかしら)

フロレンシアは時折、そんな非現実的なことを考えては、罪悪感に苛まれる。

あまり自己主張せず流されながら生きてきたのに、こんな状況になって初めて、本当はやりたかったことが、本当は欲しかったものが、フロレンシアの中に次から次へと沸き上がるのだ。

遠く感じていた『死』という概念を目前にして、初めてフロレンシアは自らの命を惜しんだ。

(どこか、陸に辿り着ければいいのに)

海の上はあまりにも不安定だ。この救命艇はいつまで保つかわからない。水も食料も残りわずかで、ただ死を待つようなこの状態に、二人は心身ともに擦り切れ、もう限界だった。

フロレンシアが、思わず神に祈るように暗い水平線を見渡した、その時。

「……え……」

月明かりの下、フロレンシアの目は、確かにその影を捕らえた。

願望が見せた幻覚かと、何度も目を擦る。だが、その影は視界から消えることなく。

（陸地……！）

どこかはわからないが、確かに陸が見える。——もしかしたら、助かるかもしれない。

「アル！　起きて……！　陸が、陸地が見えるわ……！」

「なんだと……！」

泥のように眠っていたアルが、血相を変えて飛び起きた。そして、フロレンシアの指さす方を見て、困ったように眉を下げる。

「……悪いが、私には何も見えない」

やはりアルには見えないらしい。だがフロレンシアはそのまま、自分だけに見える陸地に向けて指を指し続ける。

「私が指示する方向へ、船を漕いでもらえるかしら？」

そして、フロレンシアの指示に従い、アルは必死に手にした櫂で海面を掻く。

フロレンシアもまたその方向に向かうように帆を動かし、船底から櫂を取り出して、非力ながらも、必死に漕ぐ。

どうやら、見えた影は島のようだ。住んでいる者がいれば、助かるかもしれない。

また太陽が上がり、アルの目にもその島が見えるようになると、彼の顔が希望で明るくなる。

――だが。

「ちっとも近づいている、気がしないんだがっ！」

アルが思わず毒吐く。島はすぐそばにあるように見えて、思ったよりもずっと遠かったようだ。二人は必死に手に持った櫂を動かす。

ようやく島の全貌が見えてくる。どうやら小さな島だ。岩に囲まれているが、一部、砂浜となっている部分がある。二人はその砂浜へ向けて進路を取る。

へとへとになりながらもようやく島に近づき、やがて救命艇の船底が海底と擦れる音がした。

フロレンシアとアルは足元が濡れるのも構わず、救命艇から飛び降りる。

久しぶりに足裏に大地を感じたときは、思わず目頭が熱くなった。

浅い海底を蹴って、必死に陸にあがると、二人は力尽き、そのまま砂浜に座り込む。

ようやく陸に上がったというのに、不思議とまだ揺れている気がする。

「やったな……」

アルが、感極まった声でつぶやいた。フロレンシアもうなずく。

これで、状況はかなり好転した。少なくとも海に沈む危険はなくなった。

しばらく休んで、これまで必死に我慢していた喉の渇きを、大切にしていた最後の瓶の水で潤す。こんなにも水を甘く感じたのは、生まれて初めてだった。

「地面のありがたみを感じるな。もうしばらく船には乗りたくない」

アルがしみじみぼやくのを聞いて、フロレンシアもしみじみ同意しうなずく。

そのまましばらく寄りかかり合って、体力の回復を図る。

「小さな島のようだけれど、誰か、人が住んでいるといいわね」

「無人島とか、秘密基地とか、海賊の住む島とか。子供の頃は憧れてたんだけどな。今は絶対に御免被るな」

アルが渇いた笑いを漏らす。そして、とうとう二人は砂浜の上に転がった。

身体中砂だらけだ。だが、そのことさえも不快にならない。

考えなければいけないことも、しなければならないことも、山のようにあるが、疲れ果てた二人は動きたくなかった。

「おや、あんたたち。こんなところでなにをしてんだい？」

そのまましばらく空を見上げながらぼうっと過ごしていると、突然誰かに話しかけられた。

久しぶりに互い以外の声を聞いた二人は、飛び起きる。

現れた救いの神は、陽に焼けた肌をした、老女だった。

第三章　楽園を遠く離れて

　近づく足音が聞こえたフロレンシアは、針仕事の手を止めて、走って玄関の扉を開けた。

　すると、そこには随分と陽に焼けて、精悍な顔立ちになったアルが、手に大きな魚を吊り下げながら立っていた。

「お帰りなさい。アル」

「ただいま。フロレンシア」

「まあ。立派な魚ね」

「私が獲ったんだ。今回の漁ではなかなか役に立てたと思う」

「すごいわ！　ありがとう」

　二人は、流れ着いた小さな島で、夫婦として暮らしていた。

　あの日、流れ着いてすぐに出会った島民の老婆、エリッサに、フロレンシアとアルは感激のあまり思わず抱きついた。

　突然とんでもない美男美女に抱きつかれて、寿命が延びたとエリッサは笑い話として話しているが、相当驚いたことだろう。大変に申し訳がなかった。

エリッサはたいそうな世話好きで、船が遭難し漂流していたと言う二人にいたく同情し、この島を出て行ってしまったという息子夫婦が使っていた小さな家を、無償で提供してくれた。

そしてアルは漁師の見習いとして、フロレンシアは針仕事を請け負って二人で生活している。

この島の住人は百人足らずで、老人ばかりだ。大体の島民が農業や漁業で生計を立てている。若者は、そのほとんどが仕事を求め、内地へと出て行ってしまうのだという。

そのため気のいい島民たちは、突然現れた若い二人を、貴重な働き手として歓迎してくれた。

ここはファリアス公爵領の一部であり、だいたい二ヶ月に一回程度、公爵家の巡回船が物資を積んで回ってくれるのだという。

残念ながら二人が流れ着いたのは、その巡回船がこの島から出港した直後であったため、次の内地との行き来は二ヶ月後までできないと言われてしまった。

そして二人は、その船が来るまで、ここで夫婦として暮らすことにしたのだ。

「お魚はどうする？　焼く？　それとも煮る？」

「今日は焼いてほしいかな。できれば中までしっかり焼いてくれ」

「わかったわ。任せておいて」

「まあ、君がどうしてもというのなら、生で食べてもいいが」

「…………あれは緊急時の話でしょ」

アルに揶揄（からか）われて、フロレンシアはほんの少し唇を尖らせる。すると彼は声をあげて楽しそうに笑った。

彼と過ごすようになり、感情豊かな彼に引きずられて、フロレンシアもまたそれまで薄かった感情が、少しずつ増えた気がしている。

そしてフロレンシアは日々エリッサに教えを乞いながら、家事を必死に覚えている最中だ。

元々新しいことに挑戦することを楽しめる性質のため、日々楽しくやっている。

最初は窯に火もつけられない状況であったのに、今では簡単な料理であれば、エリッサの手を借りることなく一人で作ることができる。

貴族令嬢でありながら、あっという間にこの島での生活に順応してしまったフロレンシアに、アルは舌を巻いていた。

少しずつフロレンシアは自分に自信をつけていた。これなら、貴族の身分を捨て、市井に混じって暮らしても、なんとかなりそうだ。

一方アルは、フロレンシアよりもずっと長く、慣れない環境と仕事に四苦八苦していた。

初めの頃は失敗しただの怒られただのと、家に帰ってからメソメソよく泣いていた。

漁師は海を相手にする以上、気を抜けば即、命に関わる仕事だ。甘えは許されない。

そして、外で必死に堪えた分、彼は家に帰ればフロレンシアに甘え泣き付くのだ。

アルが弱い姿を晒してくれることに、フロレンシアは最近、何やら妙な優越を感じている。

そんなアルだったが、二ヶ月近くたった今では、仕事にも慣れ、全体的に筋肉がつき、肌は陽に焼けて引き締まり、随分と精悍になった。すっかり現地の人にも馴染んでいる。

出会った時も格好良いと思ったが、今はさらに格好良いとフロレンシアは惚れ惚れしている。

フロレンシアがナイフで魚の鱗を落としていると、背後からアルが抱きついてきて、その手元を覗き込んでくる。

「ゆっくりしていてちょうだい。今日も朝早かったんだもの。寝ていてもいいわよ。夕食ができたら起こしてあげる」

「……んー、でもここでフロレンシアにひっついているほうが、疲れが取れる……」

少々邪魔だが、それで彼がいいのなら、フロレンシアも特に異論はない。

「仕方がないわね」

手早く魚を捌き、塩で下味をつけ、臭み消しにローズマリーと共に窯で焼く。

その間に小さく千切った野菜を鍋で煮て、スープを作り、手巾の刺繍と交換した硬い黒パンを、薄く切って皿に並べた。

この島では、金銭による売買よりも物々交換の方が主流だ。フロレンシアの刺す精緻な刺繍は喜ばれ、色々なものと交換してもらえる。

これまで花嫁修行や趣味の範疇だった刺繍がこうして評価され、生活の糧となることに、フロレンシアは充足感を得ていた。

フロレンシアが料理を作っている間に、アルが気を利かせて、古ぼけた立て付けの悪いテーブルに、食器類を並べてくれる。

あの漂流の日々で、彼と何事も共に協力しあうことが当たり前となっていることも、嬉しい。

魚が焼けたところで、二人でテーブルに向かい合い、日々の糧に感謝し、食事を採る。

フロレンシアは、これまで惰性で行っていた祈りの意味を、この島に住んで初めて知った。

こうして、様々なものから命を分けてもらいながら、人は、生きているのだ。

「それにしても、こうしてこの島で違和感なく暮らしてしまっている事実に驚くな」

「案外死ぬ気で頑張れば、どうにかなるものね」

「漂流しているときは、本当に死ぬかと思ったもんな……」

「それに比べれば、ここは楽園だわ」

少なくとも温かな食事があり、雨をしのぐ屋根があり、硬く狭くとも体をまっすぐにできる寝台がある。それがどれほど幸せで恵まれていることか、あの日々で二人は思い知らされた。

そして笑い合い、今ここに生きていることを、祝福し合う。

世間知らずな二人は、エリッサの手を借りつつも、なんとかこの二ヶ月を乗り越えていた。

そう、二ヶ月が経とうとしていた。

つまり近くこの島に、ファリアス公爵家の巡回船が来る。

――その時、アルはどんな判断を下すのだろうか。

フロレンシア自身はもう、家族の元に、そして貴族の身分に戻る気はなかった。だが、アルはそう簡単にはいかないだろう。

彼には弟がいるが兄はいない。つまりはどこかの上位貴族の家の嫡男、ということだ。

彼がいなくなれば、彼を殺そうとした異母弟が、その後を継ぐことになってしまう。

それはきっと、アルの矜持（きょうじ）的に許せないはずだ。

（……おそらく彼は帰るでしょう。そうしたらきっと、この夫婦ごっこもおしまいね）

そう思えば、胸がぎゅっと苦しくなる。

フロレンシアは、大して長くはない人生において、最も幸せな時間を過ごしていた。

ここでの毎日は楽しい。屋敷に閉じ込められていた頃よりも、はるかにちゃんと生きている。

（……ずっと、このまま二人でいられたらいいのに）

けれどもそんな重い言葉を、彼に伝えることはできなかった。彼の重荷には、なりたくない。

二人の関係が、期間限定のものであることを、フロレンシアは理解していた。

食事を終え、片付けを終え、風呂代わりの大きな桶（おけ）に湯を張って、身を清める。

それから貴族として生活してきた時では考えられないほど狭い寝台に、二人で体を横たえた。

あの漂流の日々を思えば、こうして体をまっすぐにして眠れることだけでも幸せに感じる。

狭いため、互いの体をぴったりとくっつけ合わなければ、寝ることができない。

今は慣れたが、それでも最初の頃はすぐそばにある体温に緊張し、なかなか寝付けなかった。

「フロレンシア……」

　僅かに掠れた声が、フロレンシアの名を呼ぶ。その何かを乞うような響きに、フロレンシアは小さく頷いてやった。

　それを受けてアルが身を起こせば、ギシッと古い寝台が耳障りな音で鳴く。

　そのまま、彼の体がフロレンシアの上へとゆっくりと降りてきた。

　額にかかる髪をかき上げられ、唇が寄せられる。柔らかく温かな感触に目を細める。

　窓から差し込む僅かな月光でも、フロレンシアの目は、彼の姿を正しく捕らえる。

　目の前の熱を孕んだ紫色が見えると、全てを委ねるかのように、フロレンシアの体から自然と力が抜けてしまう。

　この島にやってきてから、二人はほぼ毎日のように、体を重ね合っていた。

　そのためフロレンシアの体は、これから彼に与えられるであろうものに、すっかり従順になってしまっている。

　肌を吸い上げる小さな音を立てながら、アルの唇が徐々に下へと向かう。くすぐったくも、心地良い感触に、フロレンシアは目を細め、小さく身悶える。

　やがて、唇同士が触れ合う。触れては、離れ、また触れる。

　そっと舌で唇をなぞられ、望まれるままその間を開けば、熱い舌がフロレンシアの口腔内へと入り込んできた。

そして、その内側の柔らかで傷つきやすい粘膜を、探り出す。

真珠のように綺麗に並んだその歯や、柔らかな頬の裏、上顎から喉奥まで。

自らの敏感で繊細な場所を明け渡すことで、不思議と彼に支配されているような、被虐的な快楽に満たされる。その瞬間が、フロレンシアはたまらなく好きだった。

質素な綿の寝衣の中に、熱く大きなアルの手が入り込み、フロレンシアの身につけているものを全て器用に脱がしてしまう。

そして、自らも服を脱ぎ捨てると、大きな手のひらで生まれたままとなったフロレンシアの肌を愛おしげに撫で回す。

「んっ……あっ」

敏感な場所に触れられるたび、つい息を詰め、小さな声を漏らしてしまう。

その度にアルが嬉しそうな顔をするので、フロレンシアはさらに居た堪れなくなる。

仰向(あおむ)けになるとほとんど平らになってしまうフロレンシアの胸を、彼はその大きな手のひらで、わずかな膨らみを集めるようにして包み込み、揉(も)み上げた。

時折、敏感な頂きに指先が触れ、フロレンシアは小さく体を跳ねさせる。

もっとしっかりと触ってほしいのに、アルはなかなか触れてはくれない。普段は優しいのに、この時ばかりは意地悪だ。

フロレンシアの胸の頂きは、刺激を期待するように疼きながら硬くしこり、色味を増している。なぜか追い詰められているような感覚に襲われ、縋るように彼の名を呼ぶ。

「アルっ……！」

するとアルは、ようやく指の腹でそっとその実を撫でてくれる。

「んぁっ！」

与えられた優しい快感に、フロレンシアが小さな声を漏らす。もっと強い刺激が欲しくて、身を捩らせれば、今度は焦らすことなく、そこを指先でつまみ上げてくれる。

「ひっああ！」

色づいたその周囲を撫でられ、押しつぶされ。強弱をつけながら与えられる感覚に、フロレンシアは翻弄されて体をビクビクと震えさせてしまう。

やがて彼の唇が近づき、手のひらで乳房を持ち上げられて吸い付かれ、歯を当てられる。

「ああっ‼」

強い快感に、とうとうフロレンシアは背中を大きく反らせた。

じくじくとした甘い疼きが、なぜか触れられてもいない腰のあたりに、重く溜まっていく。

足の付け根が、じんわりと熱を持って痺れたような感覚に苛まれる。

やがて大きく脚を広げさせられ、そこにアルの体が入り込んできた。

普段秘されている場所が、外気を感じてヒクヒクと物欲しげにわななく。

「下も触ってほしい？」

わざわざ聞かなくても分かっているであろうことを、わざわざ聞いてくる彼が憎らしい。

きっと、フロレンシアが恥ずかしがっている姿を、楽しんでいるのだ。

「触って……おねがい」

悔しいが、もうそこが刺激を求め、疼いて仕方がない。

良くできました、とばかりに彼の唇が、宥めるようにフロレンシアの唇に降りてくる。

そして、口付けの合間に脚の隙間に手を伸ばされ、そこにある、ふっくらと盛り上がった割れ目を彼の指がなぞる。それだけで、ゾクゾクと背筋が震えた。

割れ目を指が往復するたびに、フロレンシアの中から溢れた蜜で、クチュクチュと小さな水音が鳴る。まるで彼が欲しくて仕方がないのだと、フロレンシアの体が泣いているようだ。

さらに指がその割れ目に深く沈み込み、そこに隠されていた小さな神経の塊に触れる。

「ひっ!」

痛みにさえ感じるような暴力的な快楽に、思わず脚を閉じようとするが、そこにはアルの大きな体が入り込んでいて、動かすことができない。

そして、触れられるたびに悦(よろこ)んで硬くなるその芽を、執拗に刺激される。

「やっ、あああっ!」

「気持ち良い?」

だから分かりきっていることをいちいち聞かないでほしいと思いつつ、フロレンシアはガクガクと頭を縦に振った。

アルが嬉しそうに目を細める。すると、こんなはしたなくてみっともない姿を晒しているのに、全てを許されているような、そんな気になってしまう。

「んんっ！」

アルの指が、フロレンシアの蜜口に入り込んできた。彼の執拗な愛撫で、既にドロドロに溶けきっているそこは、何の抵抗もなく彼の指を受け入れ、嬉しそうに締め付ける。

初めての時は、あんなにも痛かったのに、今ではもう快感しか伝えてこない。

くるりと探るように広げるように膣壁を刺激され、圧迫感に不思議と息が詰まる。

あっさりと二本目の指も受け入れ、ゆっくりと出し入れをされれば、卑猥な水音が鳴ってさらにフロレンシアを居た堪れなくする。

「も……だめ」

内側の刺激に加え、陰核も相変わらず甚振られ続け、フロレンシアは息も絶え絶えだ。

もう、すぐ近くに果てが見えているのに、なかなかそこに連れて行ってはもらえない。

――彼が、欲しくてたまらない。

「――いい？」

アルの顔も、先程までの余裕が全て剝ぎ取られていた。求められていることが、嬉しい。

「おねがい。……来て」

言えるのは、それだけだった。アルは小さく呻くと、フロレンシアの中から指を引き抜き、熱く猛ったそれを、蜜の滴るその場所へ充てがう。

期待からか、フロレンシアの下腹が、きゅうっと甘く疼いた。

「――――っ！」

そして、アルは容赦無く、一気にフロレンシアの最奥まで突き上げた。

肌と肌がぶつかる音と共に、フロレンシアは、声もなく一気に絶頂へと駆け上がる。

全身の筋肉が緊張し、つま先まで跳ね上がる。

下腹が内側へ引き絞られるような感覚の後、体が弛緩しむず痒い甘い快楽が、広がっていく。

「くっ……」

彼女の中で繰り返される脈動に、アルもまた苦しげな呻きを漏らし、それから少し責めるような目でフロレンシアを見る。

そして、そのまま彼女を激しく突き上げた。

「ひっ！　あぁっ！　あ！」

律動と共に奥を突かれ、被虐的な快感にフロレンシアは翻弄される。

こうなると、アルはひたすら獣のように、フロレンシアを貪る。

「もっと、奥に入りたい……」

そう言って、フロレンシアの脚を自らの肩の上にあげてしまうと、そのまま勢いよく腰を打

ちつけ、フロレンシアのさらに奥を突いた。

「あああっ！」

だらしなくこぼれ落ちる嬌声と共に、唾液が口角からこぼれ落ちる。それを勿体無いとでもいうように、アルが舌先で舐め上げる。

「ああ、気持ちがいいな、フロレンシア」

余裕のない声を耳元に流され、フロレンシアの体がさらに戦慄く。

「気持ち……良いの……！　アル……」

――アルが、好きだ。こんな恥ずかしいこと、絶対に、彼としかできない。

自分を曝け出す快感に、フロレンシアは鳴く。

「愛してる。愛してる……フロレンシア……！」

愛の言葉と共に、フロレンシアを強く抱きしめて激しく穿って。

「――っ」

やがて息を詰めて、フロレンシアの小さな胎内に、欲望を吐き出す。

下腹で繰り返される震えと、荒い呼吸と、激しい鼓動に包まれて。心身ともに満たされたフロレンシアは、多幸感に酔いしれる。

こんなことも、彼と共に暮らさなければ、知らなかった。

（――ずっとこのままでいられたら、いいのに）

快感の残滓（ざんし）からか、それとも感傷からか。僅かに視界が滲む。

きっとこの暗闇の中で、彼には見えないだろうから、許されるだろう。

滲んだ視界で古ぼけた木の天井を見上げながら、フロレンシアは、近く失われるであろうこの体温を、覚えていようとアルの胸元に頬を寄せる。

――――涙が出るくらいに幸せな、この温もりを。

汗だくの体で、フロレンシアにしがみついていたアルがゆっくりと身を起こす。

「……体は大丈夫か？」

少々無理をさせた自覚はあるのだろう。心配そうに眉を下げて、汗で額に張り付いてしまったフロレンシアの髪を優しく避けながら、アルが聞いてくる。

「大丈夫よ」

フロレンシアは笑って頷いてやった。本当に優しい人だ、と思う。

アルはようやく体をフロレンシアから離すと、その横に転がった。

彼がいなくなってしまった内側を、僅かに寂しく感じながらも、フロレンシアも体を彼に向ける。そして、お互いに顔を合わせ、頬擦りし合い、笑い合う。

いつから、こんなにも彼のことが好きになってしまったのか。

（本当の夫婦になれたのなら、いいのに）

豪華な婚礼衣装などいらない。ただ、村の小さな教会で、夫婦となることを誓えたら。

事後の気怠い空気の中で、寝台に沈みながらフロレンシアは、アルの横顔を見つめる。

すると、その視線に気づいたのか、彼が口を開いた。

「……私は、このままこの島で、フロレンシアと暮らしていきたいと思っている」

まるでフロレンシアの心がそのまま伝わったかのような、言葉だった。嬉しくて心臓が小さく跳ね、顔が上気する。

「……けれど、やっぱり今、この国がどうなっているのかだけは確認しておきたいんだ」

だが、その後に続いた言葉に、落胆しフロレンシアは目を伏せた。

このまま何もかも忘れて、この島で暮らしていれば、ずっと一緒にいられたかもしれない。

けれどきっと、ここから出て本来の居場所に戻れば、彼は正気に戻ってしまうことだろう。

「次の巡回船が来たら、それに乗って一度内地に戻るよ」

「ええ、わかったわ」

「フロレンシアも一緒に行かないか?」

「……いいえ。エリッサもいるし、私はここに残るわ」

すると、アルは残念そうな顔をする。だがフロレンシアが付いていけば、彼の家族は驚いて困ってしまうだろうし、生家やファリアス公爵に見つかることも避けたい。

やがて寝息を立てて眠ってしまったアルの顔を、月明かりの下、フロレンシアは目に焼き付けるようにいつまでも眺め続けていた。

そして予定通り巡回船がこの島にやってきたのは、それから二日後のこと。

巡回船は蒸気船ではなく、大きな帆船だ。張られた白い帆が空の青に映えてなんとも美しい。

かつてこのレティス湾で沈んだ蒸気船の客であったことを船員に伝え、驚かれつつも無事を喜ばれ、船に乗り込むことを許されたアルは、島の小さな港にいた。

巡回船の船員たちに聞くに、結局あの蒸気船の事故での生き残りは、ほとんどいなかったらしい。

救助されたのは、たった一艘の救命艇のみ。他は、すべて海の底に沈んでしまったのだと。

犠牲者の中には上流階級の人間や王族もおり、我が国史上、最悪の船舶事故として、歴史に刻まれたようだ。

フロレンシアについてきてくれた侍女も、結局は助からなかったのかもしれない。それを確かめる術は、もうフロレンシアにはないが。

「いってらっしゃい、アル。どうか、元気で」

巡回船の前でフロレンシアは、隠れて練習していたとびきりの笑顔で、彼に声をかけた。

するとそれを見たアルが、なぜか盛大に顔を引き攣らせる。

「ちょ、ちょっと待ってくれ。フロレンシア。何故そんな今生の別れ、みたいな雰囲気になっているんだ？」

「あらいやだわ、気のせいよ」

とぼけつつも、フロレンシアは内心驚く。事実、そう思っていたからだ。

彼は、この島を一度出たらもう二度と戻ってこない。そんな確信めいた予感があった。

きっとあるべき場所に戻れば、彼は自分の役目を思い出してしまうだろうから。

彼は、本来こんな小さな島で、漁師の真似事をしながら生きるべき人間ではないのだ。

「ちゃんと帰ってくるから！　たとえこの島で暮らすことができなくなったとしても、必ず迎えにくるから！　責任は取るって言ったろう?」

必死に言い募る彼の言葉に、フロレンシアは笑って誤魔化す。

「……フロレンシア。君、全然私のことを信用していないだろう」

「あらいやだわ。そんなことないわ」

今、彼は、心の底からそう思ってくれているのだろう。そのこと自体は信じている。

「……愛してる。私の妻は、君だけだ」

彼の言葉に、胸を突かれる。期待などしてはいけないとわかっていて。それでも。

彼がフロレンシアの髪を撫で、その唇を強引に塞ぐ。そんな二人を陸から船の上から囃し立てる声が聞こえて、思わず逃げようとするが、アルは逞しい腕でそれを許してはくれない。

「んもう！」

ようやく解放され、羞恥で顔を真っ赤にしたフロレンシアが抗議すれば、アルは声をあげて楽しそうに笑った。

「――それじゃ行ってくる。絶対に帰ってくるから！　待っていてくれ！」

巡回船に乗り込んだアルが、船の縁から大きく手を振ってくる。フロレンシアも必死で微笑みながら手を振り返す。

けたたましい鐘の音と共に船が出港し、ゆっくりと遠ざかる。

今度こそはちゃんと向こう岸まで無事に着いてくれと、心の底から願う。

やがて遠く離れ彼の姿が判別できなくなった頃、フロレンシアの両目から涙が溢れた。

その場にしゃがみ込み、フロレンシアは漏れそうになる嗚咽を必死に堪えながら、泣いた。

かつて、恋という感情を知ってみたいと思っていた。

人生を賭けても良いと思えるほどの、激しい感情を知ってみたいと。

まさか、本当に自分が、恋に生きた遠い先祖や、祖母の気持ちがわかるようになるとは思わなかった。

愚かだったと、思う。――恋とは、こんなにも苦しいものだったのだ。

「そんな、大袈裟だよ。フロレンシア。アルならすぐに帰ってくるさ」

震えるフロレンシアのその背中を、アルの見送りに来ていたエリッサが優しく撫でてくれる。

――彼が、何もかもを捨てて、ここに帰ってきてくれればいい。

心の中で、そうはならないだろうという確信を持ちながら、それでもフロレンシアは願わずにはいられなかった。

その日から、フロレンシアは毎日時間ができると、港へ向かうようになった。

この島から本土まで、巡回船で一日かからない程度の距離だ。

次に巡回船が来るのは二ヶ月後だと知りながら、それでも、もしかしたら用を済ませて早めに帰ってきてくれるかもしれないと、馬鹿な期待をしては、港へ足を運んでしまう。

そして水平線の向こうに、船影を望んでは、胸を痛める。

「心配しなくても、大丈夫だよ。フロレンシアみたいな別嬪(べっぴん)は内地でだってそういやしない。アルなら今頃あんたが恋しくて、めそめそしてるだろうさ」

エリッサはそう言って笑って慰めてくれる。うっかり想像してしまい、フロレンシアも笑う。

「……ありがとう、エリッサ」

本当にそうであったらいいと、フロレンシアは祈った。

次に島から船影が見えたのは、それから僅か二週間後。いつものように港に向かったフロレンシアは、期待で目を輝かせた。

「巡回船か？　今回はずいぶんと早いな」

噂を聞いた島民が港に集まり、不思議そうに首を傾げる。

だが、船が近づきその全貌が見えるにつれ、皆がざわめきだす。

明らかにその船は、いつもの巡回船ではなかった。

「……軍艦」

フロレンシアは、呆然とつぶやく。

それは、巡回船の何倍もの大きさの軍用船であった。蒸気を動力とする、巨大な船。

おそらくこの島の小さな港では、軍艦の喫水に対し水深が足りないのだろう。

その軍艦から、小帆船が下されて、島へと向かってくる。

そこには数人の兵士と、身なりからおそらく貴族と思われる一人の年若い男性が乗っていた。

（……アル、じゃない）

おそらくフロレンシアよりも年下だろう。ひとまわり小さな体の灰色の髪をした少年は、綺麗な顔をしているが、アルとは似ても似つかない。

嫌な予感がして、フロレンシアは踵を返し、港から逃げ出そうとした。——だが。

「逃げても無駄ですよ？　この小さな島のどこに隠れる場所があると言うのです？」

その少年に大きな声で船上から声をかけられ、フロレンシアの足が止まった。

——彼の目的は、間違いなく自分だ。

そんなフロレンシアの前に、エリッサが庇うように立ってくれる。

やがて小帆船が港に接岸され、その少年が悠々と島に上陸した。

そして当然のようにフロレンシアの目の前まで歩いてくる。フロレンシアの足が恐怖で竦む。

「お初にお目にかかります。フロレンシア嬢。我が父ファリアス公爵ルードルフの命により、あなたをお迎えに上がりました」

フロレンシアの全身から血の気が引くのがわかった。よりにもよって、婚約者であるファリアス公爵からの、迎え。

確かに軍艦の船尾ではためく旗は、かつて教育係に何度も見せられた、ファリアス公爵家の所有であることを示す、百合(ゆり)の紋章だ。

しかも目の前のこの少年は、義理の息子となるはずだった、ファリアス家の令息だという。

ファリアス公爵には三人の息子がいる。おそらく彼は、遅くにできたという末息子だろう。

——自由になりたいと、伝えたはずだった。もう、誰にも自分の人生を奪われたくはないと。

(……アル。どうして……)

彼がフロレンシアの存在や居場所を、ファリアス公爵に伝えたとしか思えなかった。

つまり自分は、彼に売られたということだろうか。——絶望で、目の前が真っ暗になる。

「……帰りたくないと、言ったら」

辛うじて口から出すことができたのは、そんな弱々しい拒絶の言葉だった。

「残念ながらそれはできませんよ。フロレンシア嬢。あなたはそれが許される立場にない」

それは、他人に命令することに慣れている者の声だ。

おそらくここでフロレンシアが拒否したところで、無理矢理兵士たちによって連れ戻されるだけだろう。これだけの人数の兵士から、女の足で逃げることなど不可能だ。

フロレンシアの意志など、彼にとっては、あってないようなものなのだ。

なぜこんなにも、自らの意志を踏み躙られなければならないのか。

腹立たしいこと、この上ない。フロレンシアは忌々しげに少年を睨みつけてやる。

「それでは御同行願います」

周囲をファリアス公爵の私兵に囲まれて、フロレンシアは力無く歩き出す。

「フロレンシア！」

エリッサが必死に追い縋ってくれるが、フロレンシアは心配させないように微笑んで、静かに首を横に振った。これ以上彼女に迷惑をかけるわけにはいかない。

「元にいた場所に戻るだけなの。心配しないで」

そう、何もかも、元に戻るだけだ。――――楽園から、現実へと。

フロレンシアはそのまま小帆船に乗せられ、軍艦に運ばれた。

ファリアス公爵の子息は非常に不愉快そうに、フロレンシアを見る。その目には明らかに侮蔑の色があった。

（もしこのままファリアス公爵と結婚することになったら、この子の義理の母になるのかしら）

想像して、思わず失笑する。――それは、相当に嫌だ。

そして、その軍艦は、なぜかファリアス公爵領とは逆の方向へと舵を取った。

辿り着いたのは、かつて海の底に沈んでしまった蒸気船に乗り込んだ際の港。

そこに、見慣れた馬車があった。フロレンシアの生家であるコンテスティ伯爵家の馬車だ。

どうやらフロレンシアはファリアス公爵領ではなく、コンテスティ伯爵家へと帰されることになったらしい。

(アルと関係を持ったことが、知られたのかもしれないわね)

やはり婚約は解消されるのだろうか。ならば、先程の男の冷たい視線も理解できる。

この国は、未婚の女性が男性と肉体関係を持つことに、非常に厳しい。

純潔が失われたと知られれば、フロレンシアに、まともな嫁入り先は見つからないだろう。

(それは、それでいいわ)

修道院にでも行けばいい。そうすれば過去と決別することもできる。

だが利用価値がなくなったのなら、そのままあの島に捨ておいてくれれば良いのに。

そんなことを思いながら、フロレンシアがファリアス公爵子息と共に船から港に降り立つと、コンテスティ伯爵家の馬車から、すでに懐かしいと感じる一人の男性が降りてくる。

「フロレンシア……!」

フロレンシアを見つけたその男は、ものすごい勢いで走り寄ってきて、強く強くフロレンシアを抱きしめた。

「無事で、よかった……!　もうダメかと……!」

「お兄様……」

思わずフロレンシアの声にも涙が混ざる。どうやらフロレンシアを心配するあまり、兄本人がここまで迎えにきてくれたようだ。

こうして兄が、今も無事を祈っていてくれたことが、嬉しい。

すると咳払い(せきばら)いが聞こえ、慌ててフロレンシアは兄から身を離す。ファリアス公爵子息が、腹立たしそうにこちらを見ていた。

「リカルド殿。感動の再会のところ申し訳ないが、少々よろしいか」

「は、はい」

「我が家から迎えが来るまで、フロレンシア嬢にはこれまで通りご実家でお過ごしいただきます。また、できる限り人前に出るのはお控えいただきたい」

残念なことに、どうやらまだフロレンシアは、ファリアス公爵の婚約者のままであるようだ。アルは、ファリアス公爵にフロレンシアと男女の関係になったことを伝えていないらしい。

――まあ、伝えられなかった、というほうが正しいかもしれないが。

流石に公爵相手に、喧嘩(けんか)を売るような真似は、できないだろう。

それにしても、あんなにも大切に守っていたフロレンシアが、すでに純潔ではないと知ったら、ファリアス公爵はどう思うのだろうか。

そんなことを考えたら、なんだか愉快になってしまい、笑いが込み上げてきた。

大切に出荷の時を待っていた商品が、突然他の男に掻(か)っ攫(さら)われたのだから。

思わずくすくすと笑い出したフロレンシアを、公爵子息は気味が悪そうに見やる。

「――マリク殿に、そのようなことを言われる筋合いはございません」

するとリカルドがまたフロレンシアを引き寄せて、そんなことを言った。

その手が僅かに震えている。兄は、必死にフロレンシアを守ろうとしていた。

「妹には、自由にさせます。この二ヶ月、妹がどれほど辛い思いをしてきたか……！」

「――ほう。では我が家からのこれ以上の援助は不要、ということですか？」

明確な脅しにぐっと兄が押し黙る。フロレンシアは、自分を抱き寄せる兄の腕を、優しく叩いた。

おそらく、両親は相変わらずであり、我が家は、未だファリアス公爵の援助なくして立ち行かない、ということだ。

「お兄様。いいのです」

「だが……！」

兄の気持ちが、フロレンシアは嬉しかった。だがフロレンシアはこの二ヶ月、ちっとも不幸などではなかったのだ。

「辛いことなんて、何もありませんでしたわ。私、楽園のような場所にいましたのよ」

「おや？　あの、小さく貧しい島が、ですか？」

公爵子息から鼻で笑われるが、フロレンシアはにっこりと嫌味ったらしく微笑んでやった。

「ええ、楽園でしたわ。あなたは何でも持っているのに、何も知らない心の貧しい哀れな方ね」

あからさまに蔑んだ目で見てやってから、その存在を無視するかのようにフロレンシアは挨拶もせずに、踵を返した。

そのまま馬車に乗り込めば、兄が慌てて追いかけてきた。公爵子息がどんな表情を浮かべ、何を思っているのかなど、もうどうでも良かった。

ぜひ領地に帰ったら、父親にフロレンシアのことを酷く悪く伝えてくれるといい。

だが、貴族の男性の女性に対する態度は、本来こんなものなのだろう。やはりアルは、特別に優しかったのだ。

裏切られたのかもしれない。だが彼と過ごした日々は、間違いなく幸せだった。

――フロレンシアは、そう思えた。

「まあ！　なんてことなの……！」

そして久しぶりに家へと帰ってみれば、フロレンシアを一目見て、母は悲鳴をあげてふらりと大袈裟によろけて見せた。

父もまたあからさまに眉間に皺を寄せ、不愉快そうな顔をする。

フロレンシアは二ヶ月以上にわたる海上漂流と島暮らしのため、ずいぶんと肌が焼け、鼻の頭にはそれまでなかったそばかすが、うっすらと浮いていた。

さらには艶やかだった自慢の薄金色の髪は、潮風と太陽光のせいでさらに色が抜けて水気がなくなり、まるで乾いた藁のような有様だ。

整った顔の造作は変わらずとも、彼女からかつての宝石のような完成された輝きは、失われていた。

娘の商品価値が下がったことは、娘が無事に帰ってきたことよりも、両親にとって衝撃的なことであったらしい。

「ご心配をおかけいたしました」

淡々と感情のない言葉を返すと、すぐに自室に戻る。

そこは、相変わらずの空間だった。見慣れた部屋に入った瞬間に、フロレンシアの心が悲鳴をあげた。どうしようもなく、今すぐにでも、あの島の小さな家に、帰りたかった。

幸せだったあの日々を思い出し、フロレンシアは寝台に潜り込むと、声を抑えて泣いた。

そして、それからの実家での日々を、フロレンシアは自分の思うように過ごした。

日焼けを恐れず毎日庭を散歩するようになったし、兄と遠出をすることもあった。

両親は肌を焼くな、見た目を整えろと、相変わらずぎゃあぎゃあ騒ぐが、フロレンシアはもう、彼らの言いなりになるつもりはなかった。

ちなみにあの日蒸気船に共に乗り込んだ侍女は、運の良いことに唯一救助された救命艇に乗っていて助かったようで、相変わらずこの屋敷で働いていた。

なんでも彼女はフロレンシアを置いて一人でとっとと逃げておきながら、一人で屋敷に戻った後、身を挺してフロレンシアを守ったと言い張り、それなのに人波に飲まれ無情にも途中ではぐれてしまったのだなどと、悲劇的な話をでっち上げて、皆の同情を買っていたようだ。

おそらくフロレンシアが死んだと確信していたために、蒸気船での出来事を自分の都合の良いように捏造していたのだろう。厚顔なことだと呆れてしまう。

そんな彼女は、帰ってきたフロレンシアを見るなり真っ青になり、幽霊を見るような顔をした。そして、それ以後フロレンシアの口から真実が露見することに、ずっと怯えている。

両親はまだフロレンシアをファリアス公爵の元へ嫁がせるつもりのようだが、フロレンシアにはそのつもりはなかった。

そもそもこの身はもうすでに純潔ではない。あれだけ独占欲強くフロレンシアを縛り付けていたのだ。彼が妻となる女性に求める要件を、すでにフロレンシアは満たしていないだろう。

そして、恋を知ってしまった以上、他の男に嫁ぐことにも、耐えられそうになかった。

（なにか、この家を出る上手い方法を探さなくては……）

極力、兄には迷惑をかけたくなかった。

だが、そんな悠長なことを言っていられなくなる事態が、発覚した。

実家に戻り一ヶ月経たずして、フロレンシアの体調が、急激に悪化したのだ。

とにかく一日中、ひたすらに眠い。さらに常にうっすらとした吐き気が続く。

強靭な胃腸を持つフロレンシアには、非常に珍しいことだ。

（一体なんなのかしら……）

さらには妙に胸が熱を持って張り、下腹部にはちくちくとした不快な痛みがある。

朝起きられない日が続き、流石に周囲の者たちも、フロレンシアの体調の変化に気づき、医師が呼ばれ、診察を受けることとなった。

――その結果は、妊娠、だった。

「なんてことを……！　恥を知りなさい！」

それを聞いた母は、フロレンシアをふしだらな娘だと、頭ごなしに罵倒した。

父もまた、冷たい侮蔑の目でフロレンシアを見た。

「下賤な男に穢されるくらいなら、自ら命を絶ってくれた方が良かった」

そのまま死んでいてくれた方が、よほど公爵に対し言い訳が立ったと、父は言った。

両親にフロレンシアの体を心配する様子は、まるでない。

家畜だってもう少し心配してもらえるのではないかと、フロレンシアは失笑した。

だがそれでもフロレンシアは、絶望しなかった。

どうしよう、とは思った。だが、それ以上に子供の存在をただ嬉しいと思えた。

そっと自らの腹を撫でてみる。重苦しさはあれど、そこはまだ真っ平らで何の変わりもない。

――だが確かに、この腹の中に命があるのだという。愛したアルと、自分の子が。

（すごいわ……！）

あの楽園での日々が、結実したように思えた。

フロレンシアは、子供を産み育てることを、全く迷わなかった。

だが、次の日。母と呼ぶのもおぞましい存在が、それまでの感情的な罵声ではなく、いやらしい猫撫で声で、けれども有無を言わせない口調でフロレンシアに迫った。

「ねえ、フロレンシア。なんでも王都には、娼婦たちが使う堕胎薬が出回っているらしいのよ。それを取り寄せて使いましょうね」

その言葉を、フロレンシアは信じられない思いで聞く。

この国の宗教において、堕胎は重罪だ。もし発覚すれば、死罪すらありうる。

だが貧しい娼婦たちは、罪であることを知りながら、仕事を続けるために闇で堕胎薬を手に入れて、使用しているのだという。

「そうだな。それならば何とか上手く、この件を公爵閣下には内密にすませられるだろう」

「その薬を使うと副作用で子供が出来づらくなることがあるそうだけれど、別にいいわよね？」

「公爵閣下はすでに後継がおられるからな。フロレンシアが子供を産む必要はないだろう」

まるで異国の言葉のようだ、と両親の言葉を聞きながらフロレンシアは思った。

それほどに、彼らの言っていることが、何一つ理解できない。

ただ、その中でもわかったことが、一つだけあった。

彼らにとって、フロレンシアの腹の子は、堕胎以上の罪なのだ。

だから、この子を殺すつもりなのだ。この家が、公爵家からの援助を受け続けるために。

ここまでくればむしろ清々(すがすが)しい。愛してくれぬ人間を愛す必要などないだろう。

フロレンシアは、彼らを捨てることに、もう躊躇しなかった。

その場は両親に従うふりをして、眠らずに夜を待つ。

やがて夜の帷(とばり)が降り、屋敷中が眠りにつけば、そこはフロレンシアの世界だ。

手持ちの中でもっとも地味な色味の服に着替え、体をすっぽりと覆い隠す外套(がいとう)を身につける。

そして、逃亡費用として、いくつかの装飾品を持ち出すと、こっそりと部屋を抜けだした。

暗闇の中、月明かりだけを頼りに、使用人用の出入り口から庭園へと出る。

かつてフロレンシアを見捨てたあの侍女に、言うことを聞かなければ、蒸気船の中であった本当のことを全て話すと言って脅し、前もってその出入り口の鍵を開けさせておいたのだ。

彼女がいつ秘密を暴露されるかと、ずっと怯えていることを知っていた。だから、それを利用させてもらった。

フロレンシアがこの屋敷から出ていくことは願ってもないことだったのだろう。彼女は喜んで要求を受け入れ、思い通りに動いてくれた。

あの漂流の日々と、島での生活で、フロレンシアは随分と強かになっていた。

あっさりと屋敷を抜け出して、次の難関は屋敷の敷地外へ出る際の外門だ。

そこには常に門番がいる。一番の難所だ。

どうやって抜け出そうかと悩みつつ、念の為植木の影に隠れながら庭園を進めば、突然背後から眩しい光を当てられて、フロレンシアは飛び上がった。

「――フロレンシア」

――小さな声で、自分の名を呼ぶその声は。

逃げ出そうとした足を止めて、フロレンシアは振り返る。

「お兄様……」

そこにいたのは、兄だった。暗闇に慣れたフロレンシアの目に眩しく見えたのは、その手ある小さなランプだ。兄はフロレンシアのように、夜目が利くわけではない。

「ごめんなさい。お兄様。行かせて……！」

ここで連れ戻されたら、フロレンシアの監視が今以上に厳しくなることは、明らかだった。

そうなれば、じきにお腹の中の子供は殺されてしまう。

「自分の命よりも、大切なものができてしまったのです。お願い、見逃して……！」

フロレンシアは必死に兄に縋った。どうしても、この子を守りたかった。

すると、兄は、フロレンシアの手を引いた。

「……こっちだ。門番に見つからず、この屋敷から出られる場所がある」

その言葉に、フロレンシアは驚き目を見開く。

「お前を逃がそうと、部屋に行ったらすでに逃げ出した後だったから、笑ってしまった」

兄は、フロレンシアを捕まえにきたのではなかった。むしろ、逃がそうとしていたのだ。

「それで、お前が小さい頃、ひどいお転婆（てんば）だったことを思い出したよ」

なんで忘れていたんだろうな、と兄は悔恨を滲ませながらつぶやいた。

フロレンシアの両目から涙が溢れる。祖父母が亡くなってから、たった一人の味方だった兄。

ここでフロレンシアが逃げれば、この家が深刻な状態になるとわかっていた。

兄にもまた、多くの苦労をかけることになるであろうことも。

――――それでも、なお。フロレンシアには、守りたいものがあった。

「――――ここだ」

屋敷と外の世界を阻む、鉄柵。その一部が取り外せるようになっていた。

「昔、お祖父（じい）様から教えてもらったんだ。こっそり外に遊びに行くときにでも使えって」

自由人だった祖父を思い出し、フロレンシアは泣きながら笑う。なるほど、彼は祖母に隠れて、いつもここから外へ遊びに行っていたのか。

「夜道は危ないから、近くの街まで送る。朝を待って、乗合馬車に乗るんだ。行ける限り一番遠くの街に着いたら、そこの修道院を頼れ」

この国では、宗教上の理由から、男性から一方的に離縁できても、女性から離婚を申し出ることはできない。

よって、夫によって暴力などに晒された場合、妻は逃げ場がなくなってしまう。

そんな女性たちを、修道院は受け入れている。

修道院に入り、神の花嫁となり、数年ほど修道院で慎ましく暮らせば、神の名の下に夫と正式に離縁することができる。また、暴力や望まない妊娠などに見舞われた女性を保護し、自立までを助ける施設や、孤児院も併設されている。

「事情を話せば、きっと、お前のことも助けてくれるはずだ」

それは非常に有益な情報であった。逃げる先が見つかっただけでも、フロレンシアの心が一気に軽くなる。

――そして、夜が明ける前に、二人は街にたどり着いた。

「……本当に、いいのか？」

兄が、聞き辛そうに聞いてきた。おそらく、父親の分からない腹の子のために、フロレンシアが自らの人生を棒に振るのではないかと、心配しているのだろう。

「……愛した人の、子供なの」

父の言うように、男に乱暴された結果ではない。この子は、自ら望んだ結果なのだ。

慈愛に満ちた目で、腹を愛おしげに撫でるフロレンシアの言葉に、リカルドは泣きそうな顔で、そうか、とだけ言った。

無事に街に着き、辿り着いた乗合馬車の乗り場で、フロレンシアは兄に向き直る。

兄が、大好きだった。フロレンシアの多くの我慢は、彼のためであった。

けれど、フロレンシアには、もっと大切なものができてしまった。

「……お兄様。ごめんなさい。捨てさせていただきます」

どうしても、この小さな命だけは守りたかった。諦めたくはなかった。

だからこそフロレンシアは深く頭を下げて、兄を切り捨てる。

そんなフロレンシアに、兄はむしろすっきりした顔で、声をあげて楽しそうに笑った。

「ああ、ぜひ捨ててやってくれ。これ以上、俺はお前を犠牲にするつもりはない」

そして兄は、金の入った小さな皮袋を、当座の資金にと、フロレンシアに渡した。

「普段わがままを言わないお前の、最初で最後のわがままだ。兄様はなんだって聞いてやるさ」

感極まったフロレンシアは涙を零し、彼に抱きつく。気弱だが、優しくて大好きな兄だった。

「――辛い思いをさせたな。すまない」

兄の言葉に、フロレンシアは首を横に振る。結局は何の役にも立たず、兄に負担をかけてしまうだけの自分が、悲しい。

「いつか落ち着いたら、せめて無事あることだけでも、教えてくれ」

「……はい」

「……必ず、あの家を、お前が堂々と帰ってこられる場所にしてやるからな」

兄は覚悟を決めた暗い目で、そう呟いた。

両親が起きる前に屋敷に戻ると言って、何度も振り返っては手を振り去っていく兄の後ろ姿を、フロレンシアは見えなくなるまで見送った。

そして、やがてやって来た乗合馬車に乗り込むと、兄に言われた通り、その馬車で行ける一番遠い街まで行き、さらに念を入れてそこから別の乗合馬車に乗ることを何度も繰り返した。

――絶対に誰にも捕まらない場所に、逃げるために。

そして故郷から遥か遠く離れた海沿いの町に降り立って、偽名を使い、修道院の門を叩いた。

あえて海の近くを選んだのは、かつて過ごしたあの島を思い出したからか。

運の良いことに、そこは高潔な院長によって、正しく運営されている修道院であった。

その身にあったことを責められることもなく、優しい修道女たちと、似たような境遇の女性たちに囲まれて、支え合って。

フロレンシアは穏やかな妊娠期を過ごし、やがて産月を迎え二日に渡る陣痛の末に娘を産んだ。

難産ではあったものの、なんとか母子ともに、命を取り留めることができた。

――真っ直ぐな黒髪に、紫水晶のような瞳。意志の強そうな眉に、左右対称に整った顔。

初めて見た娘の顔は、自分よりもアルに良く似ていた。

疲れ果てた体で、元気よく泣く生まれたばかりの娘を抱いて、フロレンシアは遠く離れた楽園を想い、声をあげて泣いた。

第四章　あなたがいるなら

長椅子に座って、ぼうっと遠き日を思い返していたフロレンシアは、突然のノックの音に現実に引き戻され、小さく跳び上がった。

膝に座っている娘が、そんな母を不思議そうに見上げる。今日も娘が最高に可愛い。天使か。

思わずフロレンシアがそんな現実逃避していると、返ってこない返事にじれたのか、扉の向こうから声が聞こえた。

「――――フロレンシア。私だ」

その低く腹に響く艶のある声に、フロレンシアはまた跳び上がった。かつては毎日のように聞いていたはずの、声。

こんな良い声をしていたのだなあ、などと、またうっかり現実から逃避しそうになる。

結局アルフォンソに捕まったフロレンシアは、娘と共に王宮に入り、盛大に歓迎された。

どうやらフロレンシア王妃は病弱で、エステル王女を産んだ際に体を壊し、王都を離れて療養していた、という御涙頂戴(おなみだちょうだい)の設定が知らぬ間になされていたらしい。

実際のフロレンシアは、どちらかといえば病弱どころか心身ともに強靭な方なのだが、見た目だけは華奢で儚げなので、まあ、良いのだろう。

長き療養が功を奏し、体調が改善、アルフォンソ王の在位三周年の式典をもって、この度国民にエステル王女と共に披露された、という筋書きである。

(本当に、とんでもないことになってしまったわ……)

普段落ち着いた母の慌てた様子が面白いのか、エステルがくすくすと楽しそうに笑った。

可愛い娘に励まされて、フロレンシアはようやく口を開く。

「どうぞ……」

なんとか返事をすれば、すぐにその重厚な樫の扉が開き、先ほどよりはずっと簡素な格好をしたアルフォンソが、部屋に入ってきた。

知らぬ間にフロレンシアの夫となっていた彼は、眉間に皺を寄せ、なにやら不機嫌そうな顔をしており、その場をピリッとした緊張感が走る。

どうやら彼は、この王宮で働く者たちから、非常に怖がられているらしい。

「――お前たちは下がれ。そして許可があるまでこの部屋に近づくな」

そして彼は、感情を感じさせない冷たい声で、礼儀正しく腰をかがめた女官たちに命じる。

王に何か酷いことをされないかと、女官たちが心配そうにフロレンシアとエステルを見つめるが、フロレンシアは大丈夫だというように、笑って頷いてやった。

何度もこちらを見やりながら、後ろ髪を引かれる様子で女官たちが部屋を出て行く。

おそらくアルフォンソが徹底した調査の上で、フロレンシアにつけてくれた女官たちなのだろう。皆、優しく気遣いのできる、良い子たちだ。

突然現れた素性の怪しい王妃にも、こうしてとてもよく仕えてくれる。

王都までの移動時間は常に誰かしらの目があったため、アルフォンスとはいまだ私的な話は一切できていない。

こうして家族だけになるのは、再会した日以来のことだ。緊張して心臓の鼓動が速くなる。

静かに扉が閉められ、女官たちの足音が遠のいて、聞こえなくなったところで。

アルフォンソはフロレンシアと、その膝にちょこんと乗る小さなエステルをその紫の目でじっと見つめ、ふらりとよろけると、壁にゴンっと音を立ててぶつかりながら目頭を押さえた。

（……一体どうしたの？　って、もういきなり泣いてるし……！）

先ほどまでの冷徹そうな雰囲気から一転、彼は突然両目から滂沱（ぼうだ）の涙を流して泣いていた。

一体全体、何がどうしたというのか。

「ねえお父様ー。なんで泣いているの？」

久しぶりの事態に呆然としてしまった母の代わりに、エステルが単刀直入に聞いてくれた。

「すまない……目の前の光景があまりに尊くて……思わず涙が」

「まぁ。お父様は王様のくせに、本当に泣き虫ですねぇ」

今日も娘の言葉が率直で辛辣すぎる。やはり子供は最強の存在であるとフロレンシアは思う。

そして、ハラハラしながらも、若干ワクワクしつつ、父娘二人の心温まる交流を見守る。

「うっ、ぐすっ、だってお父様、お外では一生懸命頑張っているから、エステルとお母様の前くらい、情けなくたっていいだろう……？」

「仕方ないなあ。じゃあエステルがいい子いい子してあげます。だからちゃんと泣き止むのよ？」

すると、嬉しそうにいそいそとエステルの目線に合わせてしゃがみ込んだアルフォンソの頭を、エステルがその小さな手で容赦無くぐしゃぐしゃとかき回し始めた。

――娘よ。実はその人、この国で一番偉い人だ。

そして夫よ。先ほどまでの国王としての威厳は、一体どこに捨ててきた。

いくらなんでも、人目がある時とない時の落差が激し過ぎである。

フロレンシアは思わず遠い目をしてしまった。もしかしたら娘は、この国一番の大物かもしれない。

だが娘に慰められて、嬉しそうにへらへらと笑っているアルフォンソが実に幸せそうなので、まあ良いか、とフロレンシアは思った。

なんせ見栄っ張りなアルフォンソによって、抜かりなくしっかりとこの部屋は人払いがされており、ここにいるのは家族三人だけだ。

つまり彼のこの痴態は、フロレンシアとエステル以外の国民には伝わっていない。

だから、きっと良いのだろう。フロレンシアの前でなら、どんなに彼が情けなくとも。

あの日、彼の泣ける場所になりたいと思った心を、フロレンシアは今も忘れてはいない。

そして、相変わらず彼の泣き顔はとても可愛い。

「エステル。悪いけれど、それは母様のお役目なのよ。そろそろ代わってちょうだいな」

フロレンシアが娘に声をかければ、父のサラサラの黒髪をかき回していた娘が手を止める。

「お母様もしたかったの？」

「ええ。お母様も、お父様にいい子いい子してあげたいの」

「仕方がないなあ。じゃあ代わってあげる」

膝の上にいたエステルがひょいっと飛び下りたのを見計らい、フロレンシアは立ち上がると
腰をかがめて礼をする。

「お疲れ様でございます。陛下。今日もお忙しかったのでしょう？」

すると、それを聞いたアルフォンソの目が、またぶわっと潤んだ。

「そ、そんな他人行儀な喋り方をしないでくれ……。寂しい……」

「……でも」

「いいから。どうせここは私と君とエステルだけだ。頼む……！」

縋るアルフォンソの、捨てられた子犬のようにウルウルとした上目遣いに、フロレンシアは

あっさりと折れる。昔から、彼のこの目に弱いのだ。

かつて、彼に捨てられたのだと少なからず傷付き、泣いた自分が、馬鹿みたいに思える。

絶対に、これはなにかしらの誤解、及びすれ違いがあったとしか思えない。

それについては、のちにしっかりと追及するとして。まずは。

「………………お疲れ様。アル」

フロレンシアがかつての様に言い直せば、アルフォンソは彼女にひしっと抱きついた。

「あーー！　ずるーい！　エステルもーー！」

さらにその上からエステルもひしっと抱きついてくる。暑苦しい。だが、幸せだ。

手を伸ばし、エステルによってぐちゃぐちゃにされた彼の髪を、優しく撫でて整える。

「――――ずっと、ここに帰りたかった」

「……そう」

「君がいないから、私はずっと泣くことができなかったんだぞ……」

アルフォンソの眦から、またすうっと涙が溢れる。

――――ああ、至高の地位にいながら、この人は、ちっとも幸せではなかったのだ。

フロレンシアと離れてからずっと、一人で我慢していたのだろう。

その高き地位ゆえに、周囲は敵ばかりで。けれども彼は見栄っ張りだから。

たとえ遠く離れてしまっても、恐ろしくてフロレンシア以外の人間に、自分の弱さを見せられなかったに違いない。

「困った人ね……」

肩を竦めながらもそう言えば、何故か嬉しそうに、アルフォンソは笑った。

それから、親子三人で穏やかで賑やかな時間を過ごした。娘のエステルは、放っておいてもひたすら喋り続けるため、間が持たなくなる、ということもない。

フロレンシアは忙しいと、つい娘の話をおざなりに聞いてしまうことがあるが、アルフォンソは一生懸命エステルの話を聞いては、こまめに相槌（あいづち）を打ってくれる。

それに気を良くしたエステルは、普段よりもさらによく喋った。

「見て！　今日先生に習ったのよ！」

アルフォンソによって付けられた教育係に教わったというお辞儀（カーテシー）を、エステルが自慢げに披露する。

背筋は伸びていないし、腰の落とし具合も足りないし、指先も丸まってしまっている。

まだまだ改善の余地が多くあるが、アルフォンソは可愛らしい娘の姿にまた涙を浮かべながら、割れんばかりの拍手を送った。

「お姫様、どうか私と踊っていただけませんか？」

そして、腰をかがめ、紳士として完璧な所作で、娘に手を差し伸べる。

「よろしくてよ」

相変わらず『お姫様』の単語に弱い娘は、嬉しそうに笑って父の手を取った。

アルフォンソは娘を抱き上げると、高く掲げ持って、くるくると回る。

ケラケラと声を上げて楽しそうに笑う娘と、同じく幸せそうに笑う夫。

母の細腕では、到底無理な芸当である。フロレンシアは微笑ましくそんな父娘を見守った。

その後、フロレンシアが長椅子に座れば、すぐさまその両側をアルフォンソとエステルが固め、ぴっとりとくっついてくる。

二人に愛され、必要とされていることを実感し、満たされた気持ちになる。

「今日は二人でなにをして過ごしたんだい？」

「あのね！　お父様のお城の中を、探検してきたのよ！」

娘は目を輝かせながら話す。『お姫様』という単語に弱い娘は、もちろん『お城』という単語にも弱い。エステルの教育係の女性に頼み、母娘で王宮内を案内してもらったのだ。

フロレンシアとて子供の頃からずっと憧れていた場所だ。いつか、この王宮の大広間で、デビュタントとして国王陛下に拝謁するつもりだった。

結局白いドレスを着ることも、王宮を歩くこともなかったけれど、現国王に拝謁し、カーテシーを披露することはできたのだった。

考えてみれば、夢は叶っていたとも言えなくはない。

——まあ、そこはなにも無い海の上だったたし、当時彼はまだ王ではなく王太子だったけれど。

「とても大きなお部屋があって、天井がとてもとても綺麗だったわ」

顔を上気させ、興奮した様子でエステルはアルフォンソに話す。

舞踏会や、何某かの式典などで使用されるという大広間は、確かに圧巻だった。

その途方もない広さに加え、なによりも、緻密に描かれた天井画とそこに飾られた巨大なシャンデリアが素晴らしかった。

「我が国の技術力を見せつけるために作ったんだ。すごいだろう？」

娘に褒められたアルフォンソは、誇らしげに笑った。

「ガラスの原材料に酸化鉛を添加することで、透明度と光の屈折率の高いガラスの製造に成功したんだ」

「まあ、あれガラスなの？　水晶をそのまま使ったのかと思ったわ」

途方もない大きさの水晶を大量に使用して作ったのかと思うほどに、シャンデリアは窓から差し込む陽光をきらきらと反射して、なんとも美しかった。

「我が国は、技術で勝負しているのさ」

成果をあげた研究者や技術者には、国をあげて惜しみなく支援をしているのだという。

「小国なりに、武器が必要だからな」

「今度、夜に大広間を見に行ってみたいわ！」

エステルが、アルフォンソにねだる。あのシャンデリアには瓦斯灯が使用されており、その明るさは、まるで昼間のようであるのだと、エステルの教育係が教えてくれたのだ。

大広間に多く窓が作られているのは、採光と換気のためらしい。

鉛ガラス(クリスタル)で作られたシャンデリアは、瓦斯の灯をその輝きで四方に散らし、まるでこの世のものとは思えないほどに美しいのだと。

「エステルがもう少し大きくなったらね。シャンデリアに火が灯(とも)される頃は、残念ながらお姫様は寝る時間だ」

アルフォンソに断られたエステルは、ぷうっと頬を膨らませてみせる。

その頬を指先で突っついて、アルフォンソはまた幸せそうに笑った。

親子三人で楽しく談笑していると、エステルがころりと転がって、フロレンシアの膝に頭を乗せた。

反対側をみやれば、やはりアルフォンソが羨ましそうな顔をしている。

仕方なくフロレンシアが自らの余っている彼側の膝をトントンと叩いてやれば、嬉々としてアルフォンソも転がってフロレンシアの膝に頭を乗せた。

膝の上にある二つの黒い頭に、フロレンシアは呆れつつも、その重みに幸せな気持ちになる。

まったく、甘えん坊の似たもの父娘である。

「二人とも甘えん坊ね」

その二人分のサラサラな黒髪を両手でそれぞれ優しく撫でながらそう言ってやれば、やはり二人とも嬉しそうに笑った。

「お母様、眠い……」

それからさして間をおかずに、エステルが目を擦りながら訴えた。

幼児とは、前触れもなく唐突に眠くなる生き物である。

「……子守りを呼ぼうか」

「いいえ。私が寝かしつけるから、大丈夫よ」

ここはフロレンシアに充てがわれた、王妃の部屋だ。

本来ならばエステルにはちゃんと王女としての部屋が別に用意されているし、アルフォンソによって信頼できる子守りもつけられている。

だが、これまで小さな家で母にべったりで育ってきたエステルにとって、いきなりフロレンシアと引き離されるのは、精神的に大きな負荷がかかるだろう。

よってフロレンシアは、娘との関わり方をしばらく変えるつもりはなかった。

窮屈なドレスを脱がして、シュミーズだけにしてやる。

すでにエステルは半分夢の中のようで、頭が前後にフラフラとしている。

その小さく温かな体を抱き上げてやれば、子を産んで授乳をし、若干大きくなったものの、なお慎ましい部類のフロレンシアの胸に顔を埋め、擦り付けた。

「…………」

どちらに対して羨ましがっているのかはわからないが、そんな二人をアルフォンソが何やら羨ましそうな顔で見ている。もちろんフロレンシアは見て見ぬふりをした。

「おやすみ、私の可愛いエステル」

娘の額に優しい口付けを落とし、フロレンシアはその小さな体をそっと寝台に横たえてやる。

そして、隣に寝そべって優しく等間隔でその胸元を叩く。

するとエステルは幸せそうな顔をして、あっという間に眠りの世界に旅立ってしまった。

昔から寝付きが良い子だ。そのおかげでフロレンシアは随分と助かってきた。

すると、アルフォンソもいそいそと寝台に乗り上げ、エステルを間に挟んだ向こう側に、フロレンシアと同じように寝そべる。

そして、娘の健康的な寝息を、幸せそうに目を細め、耳を澄ませて聞いていた。

フロレンシアには当たり前の日常の音だ。けれど、アルフォンソは初めて聞く音なのだろう。

「ああ、かわいいな……」

娘の寝顔を見て、アルフォンソがしみじみと言い、また静かに涙を流した。

アルフォンソのその表情と涙に、フロレンシアの胸が罪悪感でひどく痛む。

彼は、ちゃんとエステルを愛していた。一度も会えぬまま、遠く離れてしまった娘のことを。

――見せてあげたかった、と思う。

ミルクの匂いがする、生まれたばかりの姿を。初めて寝返りを打ち、得意げに笑った姿を。

初めて意味のある言葉を喋った時を。椅子につかまりながらその小さな足で立ち上がった姿を。

――そして、母の手を借りずに、一人で歩き出した姿を。

フロレンシアが独り占めしてしまったその全てを、彼にも共有してあげたかった。

きっと今のように、泣きながら大喜びしてくれたことだろう。

――もう、二度と戻ることのない、過ぎ去ってしまった日々。

「ごめんなさい……」

思わず、フロレンシアの口から、詫びの言葉が溢れた。

今更になって、他に何か方法はなかったのだろうか、と考えてしまう。

そうすれば、アルフォンソから父親としての時間を、エステルから父と過ごす時間を、奪わずに済んだのではないだろうか。

あの時は、両親に娘を無理矢理堕胎させられることが怖くて、逃げてしまったが。

自分が彼を信じて待っていれば、いや、さらに前に、彼とともにあの島を出ていれば、状況はまた違っていたのかもしれない。

フロレンシアは深い罪悪感に苛まれた。――だが。

「もうエステルはお嫁にいかないで、このままずっとお父様のそばにいればいいんじゃないかなぁ……」

「…………」

どうやらこの男、娘の寝顔に夢中で、フロレンシアの謝罪を全く聞いていなかったようだ。

娘が嫁に行く姿でも想像したのか、またしても目をうるうると潤ませている。

「いくらなんでもそれはまだ、考えなくても良いんじゃないかしら……？」

「フロレンシアは考えが甘い！　だってこんなに可愛いんだぞ！　公の場に出したら最後、あっという間に国内外から結婚の申し込みが殺到するに決まっている……！」

「…………」

早くも親馬鹿が極まっている。娘を起こさないよう小声で言い合いをしながら、思わずフロレンシアは遠い目をしてしまった。

「可愛いエステルに近づく悪い虫は、徹底して排除しなければならないなぁ……」

くつくつと悪い顔をして笑っている夫に、心底呆れつつも、頼もしくも思う。

フロレンシアはこれまで、一人で必死になって娘を守ってきた。

そんな中で、自分に何かあった時、娘はどうなるのだろうかという不安が、常にあった。

だから、娘を守らんとする仲間、もとい番犬ができたことは、純粋に心強い。

（……そうよ。エステルが子供でいてくれる時間は、まだたくさんあるのだもの）

だからきっと、今からだって、二人のためにできることは、たくさんあるはずだ。

「フロレンシア。……エステルを産んでくれて、ありがとう」

そして、アルフォンソは、フロレンシアを責めるようなことは、一切口にしない。

「……娘が北神星という名なのだと聞いたとき、とても嬉しかった」

それは星の名前だ。アルフォンソとフロレンシアの命を救い、楽園へと導いてくれた、北を司る星。

生まれたばかりの娘を見た瞬間、そのことを思い出して、迷いなく付けた名前だった。

「女手一つで娘を育て、辛いこともあっただろう。大変なこともあっただろう。──そんなとき、君たちに何もできなかった自分が、とても情けなくて、悔しい」

──そうだった。こういう人だった。

泣き虫だけれど、弱い人ではなかった。するべきことを、ちゃんとしてくれる人だった。

だからこそフロレンシアは、彼自身に恨みを持ったことは、不思議となかったのだ。

「……私は、たくさんの間違いをした。そのせいで、君に多大な苦労をかけてしまった」

アルフォンソの声が僅かに震える。泣くかと思ったが、彼は泣かなかった。

きっとここで泣いてしまえば、フロレンシアが彼を責められなくなってしまうことを、わかっていたからだろう。

「……あの日。あの島で君と幸せに暮らしながら、それでもどうしても王太子として、国のことを忘れることが、できなかった」

腐っても王族だったということだな、と。そう自嘲する。フロレンシアは目を伏せる。

「少しだけ状況を確認したら、本当に、すぐに帰るつもりだった。──君の、元に」

巡回船に乗り、ファリアス公爵領に行ってみれば、国の状況はアルフォンソの想定以上に急激に悪化していた。

アルフォンソはこれまでの人生を、ただ、この国のためだけに捧げて生きてきた。

――だからこそ、どうしても、捨てることができなかった。

「……約束を守れなくて、本当に、すまなかった」

深い悔恨の滲む言葉に、フロレンシアは首を横に振った。彼の立場では致し方ないことだ。

「……そもそも、あの蒸気船の沈没事故自体が、私を殺すために仕組まれたものだった」

王太子であるアルフォンソを船舶事故死に見せかけ暗殺し、その責任を、ファリアス公爵に負わせるという計画だったのだ。

アルフォンソか、大国の血を継ぐ異母弟か。当時、この国の後継者争いは熾烈を極めていた。

貴族もまた完全に二分し、議会もまた二分していた。

「王太子であるあなたが、そのまま王になるのが普通ではないの？」

この国では基本的に、王族も貴族も、一番始めに生まれた男児が後継となるはずだ。

「本来はそうなんだろう。だが異母弟の母である前王妃は、大国アルムニアの王女だった」

アルムニア王国は、かつてアルムニア帝国というさらに大きな国土を持つ大国だった。

だがアルムニア帝国は、暗愚な皇帝による悪政により、国内の軍事政変を許し、アルムニア帝国との間に国境を持ち、一方的に搾取され苦しめられていた周辺六カ国は反乱軍に協力。

多くの犠牲と引き換えにアルムニア帝国を滅ぼし、その国土を削り取った。

——それから百年以上が経って。

力を取り戻したアルムニア王国が、このエルサリデを含むその周辺六カ国を呑み込まんと、画策し始めた。

そのために、アルフォンソの母が亡くなってすぐに、アルムニアの王女が送り込まれたのだ。

「……前王妃オクタヴィアはこの国の王妃でありながら、その心はアルムニアの王女のままだった。我が国の国益よりも、アルムニアの国益を考えていた。そして、息子である第二王子もまた、彼女の徹底した母国至上教育のおかげで、アルムニアの思い通りに動く傀儡となった」

そしてアルムニアは、明らかに不平等な国交条約を結ぶよう、エルサリデに求めた。

この国を実質属国と同等の扱いに貶める、一方的に搾取するためだけの条約だ。

もちろん前国王はその条約を跳ね除けたが、アルムニアはそれを受け入れないのなら、とエルサリデへの軍事侵略を仄めかし始めた。

「完全に、脅迫だな」

アルムニア王国と、エルサリデ王国では、国としての規模が何倍も違う。

国土の広さも国民の数も、全くもって比べ物にならない。

かつて、エルサリデがアルムニア帝国に勝利することができたのは、単に現王家である反乱軍、および周辺六カ国で、対抗したからに過ぎないのだ。

だが、長い年月のうちに周辺六カ国の結束は緩んだ。個別に戦争をすれば、どう考えてもアルムニアに勝てるわけがない。エルサリデ王国は、追い詰められた。

「かつて手に入れたアルムニア帝国の領地を一部返還することで、その場はなんとか収めたが、我が国が一度理不尽な要求を呑んだことで、アルムニアは味をしめてしまった」

そして、増長したアルムニア王国はエルサリデ王国に対し、頻繁に理不尽な要求を繰り返すようになったのだ。

それらの不当な要求を、何とかのらりくらりとか躱してきたが、異母弟が国王となれば、間違いなく全てを受け入れてしまうだろう。

若き異母弟はエルサリデの王族であることよりも、母より受け継いだアルムニア王族の血に誇りを持っている。――そのように、彼の母である王妃が仕向けた。

「……つまり、私が消えれば、この国は容易にアルムニアの手に落ちることになる」

多くの被害を出したアルフォンソの暗殺未遂は、それを狙った当時の王妃と異母弟、そしてアルムニア王国によって引き起こされたものだった。

アルフォンソはあの日、国の独立を守るべきだと主張するファリアス公爵との密談のため、また、王宮内で激化してきた暗殺から身を守るため、密かにファリアス公爵領に向かっていた。

ファリアス公爵家は、かつてアルムニア帝国との戦争の際に多大なる貢献をした家だ。

当時、その恩賞として第一王女が降嫁しており、王家とのつながりも深い。

そのことに、誇りを持っていたのだろう。多くの犠牲の上に勝ち取った領地を、国としての独立を、安易に手放すことは絶対に許されないと訴え、そして、アルムニアの血を引く第二王子ではなく、順当に王太子であるアルフォンソが王となるべきであると主張していた。

そして公爵は、アルフォンソがまだ幼い時から、立場の弱い彼の、数少ない味方であった。

「正直なところ、人間的には嫌いな部類だがな」

相変わらず、ファリアス公爵のことは嫌いらしい。

だがその情報が異母弟の手の者であった側近から漏らされて、利用された。

前もって船の一等航海士を買収し、しっかりと海図に載っている、本来なら容易に避けられるはずの暗礁に向け進行させ、あえて船を座礁させて沈没させたのだ。

さらにはアルフォンソを確実に亡き者にするようにと、暗殺者も船に潜り込ませていた。

そしてあの船は沈むべくして沈み、首謀者らはこの船舶事故の責任は、ファリアス公爵にあるとして、彼を糾弾した。

アルムニア属国化反対派の中心人物であるファリアス公爵が失脚すれば、さらにエルサリデ王国における、アルムニア王国の影響力が大きくなることになる。

それもまた、彼らの狙いだったのだろう。

事実確認のため、ファリアス公爵が国王から王都に召喚された、絶体絶命のまさにその時に、アルフォンソは島から帰ってきた。

そして、アルフォンソには、国難を見て見ぬ振りすることができなかった。

アルフォンソはファリアス公爵に請われ、共に王都に戻り、全てを詳らかにし、立太子寸前だった第二王子を、その座から引き摺り下ろしたのだ。

「……だから、あの島には帰って来られなかったのね」

「……本当にすまなかった」

「ばかね。そんな状況でのこのこと帰ってきたら、逆に怒るわ」

「――それでも。君を裏切り、苦しめたことは確かだ」

アルフォンソが、苦渋の表情を浮かべる。

「本当は、帰りたかった。ずっと君のそばにいたかった」

――けれど、できなかった。そんな彼を宥めるように、フロレンシアは笑った。

「私がここで頑張って国を守ることは、広義に考えれば君とエステルを守ることにもなるのだと。そう自らに言い聞かせて生きてきたんだ」

確かに彼が守るべき国民の中には、フロレンシアとエステルも含まれている。

「それにしてもあの馬鹿に……ああ、すまない。ファリアス公爵の末息子のことだが、君のことを任せたら、一時的に君を親元に戻したと聞いて、愕然としたよ」

ファリアス公爵領では、状況によっては内乱に巻き込まれかねない。フロレンシアをどこか安全なところに避難させてくれ、と。

ファリアス公爵と共に王都へと向かう前の慌ただしい中で、アルフォンソは頼んだ。

そこでファリアス公爵の末息子は、フロレンシアを、よりにもよって親元へと帰した。

『問題があるとは聞いていましたが、親子ですし。親子間の関係修復にも良いかと思いまして』

王都でのゴタゴタが全て片付き、ようやくフロレンシアを迎えにいける段になって、末息子はそんなことを宣（のたま）った。

アルフォンソは愕然とし、怒り狂い、彼を殴り飛ばした。

「自分が恵まれた家庭で育ったからか、あの馬鹿は、世の中には我が子を疎み、搾取（さくしゅ）することをなんとも思わない、醜悪な親もいるのだということを、理解できなかったらしい」

自分の尺度でものを考えてしまう。そんな恵まれた人間故の傲慢さ。

かつて彼に対してフロレンシアが感じたことは、やはり間違いではなかったらしい。

ちなみに末息子はその後、父親である公爵にも激怒され、世間の厳しさを思い知れとそのまま家を追い出されて、厳しいと有名な国軍のとある部隊に放り込まれ徹底的にしごかれ、今ではすっかりおとなしく、謙虚な青年になってしまったらしい。

「甘やかされていたから、ちょうどいいだろう」

悪い顔でアルフォンソが笑う。あの偉そうだったお坊ちゃまに一体何があったのか、フロレンシアは若干心配になってしまった。

そしてアルフォンソが慌ててコンテスティ伯爵家へファリアス公爵と共に、彼の従者のふりをしてフロレンシアを迎えにいけば。

「――君は、死んだと伝えられたよ」

フロレンシアは病を得て亡くなったのだと、悲痛の表情を浮かべて彼女の両親は言った。

「君を死んだことにすれば、全てが丸く収まると思ったのだろうよ。愚かしいことだ」

フロレンシアは目を伏せた。死んでくれた方がまだ良かったと言った、父の声が耳に蘇る。

「もちろんすぐにその偽りは暴かれた。今後君の両親が君に接触してくることはない。安心してくれ」

おそらく両親は、何らかの報いを受けたのだろう。フロレンシアは目を伏せた。

なんせ己の保身のために、この国の王太子と国有数の大貴族であるファリアス公爵家を謀ろうとしたのだから。

「……ねえ、アル。私ね、エステルを産んだ時から、ずっと心配をしているの。この子がお腹を空かせていないか、痛いところはないか、辛いことはないか、苦しいことはないか。……私はきっと、死ぬまで一生この子のことを心配するのよ」

それは母となって知ったことだった。たとえ将来エステルが大人になって手を離れ、妻になって、母となっても。フロレンシアは娘のことを、心配し続けるのだろう。

「けれど、あの人たちは、そうじゃなかった」

あの頃のフロレンシアは、エステルと同じように、子供だったはずなのに。

こんなにも小さく弱い存在を、金のために売り飛ばそうなどと。理解が、できない。

自分が親になって、余計に彼らのことが、理解ができなくなった。

「――だから、もういいのよ」

フロレンシアの中で、彼らとの決別はとうに済んでいた。

「ただ、……お兄様はどうなったの……？」

フロレンシアを逃してくれた、あの家のただ一人の味方。彼だけは何としても助けたかった。

「今、コンテスティ伯爵家の当主は君の兄君だ。必死に領地の立て直しを図っているよ」

どうやら家自体が取り潰されたわけではないらしい。フロレンシアは安堵のため息を吐いた。

きっとフロレンシアの知らぬところで、アルフォンソは色々と画策してくれたのだろう。

「まあ、その代わりと言ってはなんだが、君は今、ファリアス公爵の養女ということになっている」

「…………は？」

アルフォンソと釣り合うように、王妃という地位に相応しい身分を、というファリアス公爵の提案で、フロレンシアは彼の婚約者から娘へと職業変更したらしい。

「まあ、詳しいことはあのクソジジイ……もとい、ファリアス公爵に直接聞いていてくれ。そのうち時間ができたら、君とエステルの元に挨拶に来ると言っていたから」

思わず、フロレンシアは顔を引き攣らせてしまった。長らく婚約者でいたものの、結局ファリアス公爵と直接会って話したことは、一度もない。

どんな人物なのか、話を聞いているだけでは全く想像がつかない。

「まあ、あのジジイ……、ごほん、ファリアス公爵は腹黒い上に自分勝手な男だが、残念なことに味方だ。それでも君に何かやらかしたら、速やかに報告してほしい。奴の弱みならいくらでも握っておきたいからな」

アルフォンソがまた悪い顔をして笑った。結局彼と公爵は、仲が良いのか悪いのか。

「……本当に、大変だったろう。そんな中で、エステルを守ってくれてありがとう」

伸ばされた手が、フロレンシアの髪を労わるように撫でる。

やはり彼は知っているのだろう。フロレンシアが両親から堕胎を迫られていたことを。

「エステルがいたから、頑張れたの。感謝するのは私の方よ。私一人だったら、今も色々なことを諦めながら生きていたと思うから」

エステルがいたからこそ、フロレンシアは自分に与えられる様々な理不尽に、否を言えるようになった。

「愛した人の子供だから、と。そう言ってくれたんだろう?」

フロレンシアは驚いて目を見開く。アルフォンソは少し悪戯っぽく笑った。

「――君の兄上が教えてくれた」

「お兄様ったら……！」

そういうことを勝手に実の本人に伝えないでほしい。フロレンシアは顔を真っ赤にして、思わず少し大きめの声を出してしまった。

「んー……」

するとその時、フロレンシアの声がうるさかったのか、エステルが小さく唸（うな）り眉を顰め、ころんとアルフォンソの方へ向けて寝返りを打った。

そして暖を取るように彼に擦り寄ると、その小さな手できゅうっと彼の服を握りしめた。

『ふ、フロレンシア……！　フロレンシアァァァ……！』

動揺のあまり体を硬直させたアルフォンソが、声を出さないよう口の動きだけでフロレンシアの名を叫ぶ。

それだけでフロレンシアは彼が何を言いたいのかわかる。きっと娘のあまりの可愛さに、心臓が止まりそうなのだろう。

わかったわかったと頷いてやれば、すぐに彼の紫水晶の目に涙の膜が張る。

フロレンシアは必死で笑いを堪えた。娘は意識がなくとも親の心を振り回す小悪魔である。

そして、アルフォンソは感涙を浮かべた目で、愛おしげに娘を見つめる。

フロレンシアも、また、愛おしげに娘と夫を見つめる。

もう彼に対する不信感は、そのほとんどが彼の涙によって、押し流されてしまっていた。

元々フロレンシアは、怒りを持続させることが得意ではなく、あまり根に持たない性質である。そして物事を過剰に悲観する方でもない。

父と娘の仲睦まじい様に、ここに来て良かったと、心の底から思う。

もちろん王妃なんて身分は柄ではないし、不安もたくさんある。だが、それでも彼のそばにいることを、今は後悔していなかった。

そのまま二人で娘を見つめていると、しばらくしてアルフォンソの目までとろりとしてきた。

そう、子供の体温と寝息には、導眠作用があるのである。

フロレンシアも納期間近の針仕事がまだ残っているのに、娘の寝かしつけの際にうっかり共に寝入ってしまい、朝になって悲鳴をあげることが多々あった。

どうやらアルフォンソも、その洗礼を受けているらしい。

重そうなアルフォンソの瞼にまた少し笑い、身を起こすと手を伸ばして娘と同じ、まっすぐでさらさらとした髪を指で梳(す)いてやる。

「おやすみなさい。アル」

そして、その額に顔を寄せ、そっとおやすみの挨拶と口付けを送ってやった。

アルフォンソが幸せそうに笑み崩れる。その顔にフロレンシアも満たされる。

元々疲れていたこともあったのだろう。ゆっくりとアルフォンソの瞼が落ち、規則的な寝息が聞こえ始めた。

相変わらず彼の寝顔は幼く、やはり娘とそっくりだ。

同じ顔で幸せそうにくっつきあって眠っている父娘を見て、フロレンシアはまた声を出さずに笑った。

第五章　泣ける場所

「……ふざけているのか？」

王の冷たい声に、その場にいたものたちは震え上がった。

そしてアルフォンソは、手にしていたその草案を、バサッと議席の机の上に投げ捨てた。

「財務の役人どもは簡単な加算減算(かさんげんざん)もまともに出来ぬのか。どうしたらこんな数字になる」

そこには今年の予算案がまとめられていた。アルフォンソから見れば明らかに優先度の低い項目に多額の予算が配分されている。

緊急性のまるでない、むしろ不要としか思えない公共事業が、知らぬ間にしれっと入れ込まれ、山のように計画されていた。その一方で、福祉関連の予算がごっそりと減らされている。

おそらくは最も後腐れのなさそうな場所から、足りない分の予算を引き抜いたのだろう。

「へ、陛下のご威光を国内外に示すため、これらの事業は必要かと……」

「ほう。それがなければ、私はみすぼらしく見えるとでも？」

「い、いえ……！　決してそのようなことは……！」

「ならば要らぬな」

しどろもどろになる政務官に対し、アルフォンソが冷たく言い捨てれば、それを諭す呑気な老人の声がする。

「まあまあ、陛下。そのように苛めずとも」

「……苛めてなど、いないが」

アルフォンソはその男を、忌々しげに睨みつけた。

王妃の養父であるファリアス公爵ルードルフだけは、他人にも自分にも厳格な王に対等な口を叩く。アルフォンソに責められていた政務官は、救いを求めるように、彼を見た。

「まずは検証をいたしましょう。この事業は本当に正しく必要のあるものなのか否か。提案した者、予算を計上した者から直接しっかりと説明を聞きましょう。もちろん費用対効果まで、答えられますよね？　それから事業の是非を決めれば良いかと」

事業を提案した者は、とある上位貴族だ。そして予算を計上したものは、その貴族の家系に連なる血筋の、財務の役人だ。

つまりこれらは、全て、癒着の上に計上されたものである可能性が高い。

まさか王自身がそんな細かなところまで確認するとは思っていなかったのだろう。今になって杜撰な国費管理が、次々に明るみに出ていた。

彼らが召喚を受け、問いただされれば、ボロしか出ない。それを分かっていながら公爵は、こんな提案をしているのである。

「お前の方がよほど苛めているではないか」

「おや、そんなことはありませんよ。私が求めているのは、実証ですから」

その実証がまともにできないから、目の前の者たちは慌てふためいているのである。

「まさかとは思うが、国費から私腹を肥やそう、などと思っている輩は、この場にいまいな」

眉間に深い皺を寄せ、つまらなさそうにいう国王に、その場にいる者たちが震え上がる。

「も、もちろんでございます。陛下」

「だったら全てを詳らかにしたのちに、この予算案を私が納得できるように作り直せ」

「はっ！」

「私は寛大だからな。言いたいことがあるのなら聞いてやろう。だが、私を謀ろうとするのならば、それなりの覚悟を持ってやることだ」

王が冷たい顔で顔を歪めてやれば、政務官たちの唾液を飲み込む音が、かすかに聞こえた。

かつて、自分を暗殺しようとした弟王子を支持していた一派を、王は徹底的に粛清していた。

第二王子は幽閉。何人もの貴族が処刑され、監獄へ送られた。そのことを皆が知っている。

王は、徹底して、自らに逆らうものを許さない。

「陛下、そのように臣下を脅すものではありませんよ」

そんな中、ファリアス公爵だけは、相変わらず飄々としている。

「ふん。ならばお前が宰相としてしっかりと管理しろ。無駄に歳を食ったわけではないところを是非私に見せてくれ」

そう吐き捨てると、アルフォンソは立ち上がり、苛立しげに踵を返して議場を出て行った。

「もちろん何の不正もしていないのなら、陛下を恐れる理由はございませんよ。あの方は公正な方ですから。もし何かあれば、私が相談に乗ります。できる限り陛下にとりなしましょう」

背後からファリアス公爵の、アルフォンソから聞けば胡散臭いことこの上ない言葉が、僅かに聞こえる。

そうして不正を行なった者たちが保身のためファリアス公爵に縋り、告解をすることだろう。

この国の危機を乗り越えるために、アルフォンソは強い王であらねばならなかった。

だが、徹底的にやれば、臣下が潰れてしまう。全てのことにはある程度、遊びの部分が必要なのだ。――そこを、ファリアス公爵が担う。

国として見逃せる範囲の不正は釘を刺しつつも見逃し、許せない範囲のものは叩き潰す。

その見極めを、ファリアス公爵がしている。

アルフォンソはそれらを吟味の上で、法の下、容赦無く裁断を下す。

よってアルフォンソは臣下に舐められないよう、厳格な王として臣下から恐れられ、怯えられる存在でなければならない。

だが、実際の自分は弱く臆病な人間で、偽りの姿で毎日をこなすことで精一杯だ。

王に即位してからというもの、その重圧からか次第に不安で夜眠れなくなり、食事の量も随分と減った。

慢性的な頭痛で公務以外の何もかもが億劫になり、重責と孤独に潰れそうになった。

いつ精神がおかしくなっても不思議ではない、そんなぎりぎりの日々の中で。

ようやくアルフォンソの元に、フロレンシアが帰ってきた。

(今日も疲れた……。帰ったらフロレンシアに泣きつこう……)

部屋に帰れば愛しい妻と娘が待っている。今日もいつものように、よしよししてくれる。

そう考えるだけで、アルフォンソはなにやら無敵になれる気がした。

彼女だけは、アルフォンソがどんなに情けない姿を晒しても、笑って許してくれる。

困った人ね、と抱きしめて、頑張ったわね、と優しく慰めてくれる。

フロレンシアがアルフォンソの手の中に戻ってきてから、彼の精神状態は劇的に改善した。

――泣ける場所がある。それだけで、アルフォンソは救われる。

いつだってフロレンシアは、彼にとっての楽園だったのだ。


アルフォンソが五歳の時、母であるエルサリデ王国王妃は死んだ。

病死だとされている。だが当時、その突然の彼女の死に、多くの憶測が飛んだ。

それほどまでに彼女は、急激に弱り伏せって亡くなったのだ。

死の床で、母は自らに縋り付いて泣きじゃくるアルフォンソに、繰り返し言った。

「……アルフォンソ。泣いてはいけませんよ」

弱みを他人に見せるのは、アルフォンソの立場ではとても危険なことであると。王太子として、決して周囲に隙を見せてはいけないと。

「王太子に相応しくありなさい」

まだ幼い息子を置いてこの世を去らねばならない母は、必死にアルフォンソに言い聞かせた。

おそらく残り少ない時間で、息子に残せるものが、それくらいしかなかったからだろう。

そして母は、ただアルフォンソの幸せを祈りながら、その短い人生を閉じた。

それまで泣き虫で人見知りで、母や乳母のドレスの裾にいつも隠れていた臆病な子供は、突然その拠り所を失ってしまったのだ。

人前で泣いてはいけないと、母は言った。

だからこそアルフォンソは、その言葉を守り、母の葬儀ですら一切涙を見せなかった。

それまで臆病で泣き虫だった彼の、あまりの変わりように、周囲の者たちは驚いた。

父は母の喪が明けるとすぐに、大国アルムニアの王女を娶った。

そこにアルムニアからの圧力があったことは、疑いようがない。

アルムニアの王女は、嫁いですぐに懐妊し、そして異母弟が生まれた。

すると自国の侯爵家の令嬢であった前王妃の産んだ王太子よりも、大国の王家の血を継ぐ現王妃の産んだ第二王子の方が次期国王に相応しいのではないか、という声が上がった。

アルムニアの血を引く王子がこの国の王となれば、大国アルムニアという後ろ盾を得て、この国のさらなる発展を望めると考えたからだ。

王太子であるアルフォンソの立場は、一気に揺らいだ。

だがそれでも、アルフォンソは動揺を見せることなく、日々を淡々と過ごした。

人に弱みを見せるな。常に冷静沈着であれ。――決して足元を掬われないように。

――かくて、母の言葉は呪いとなり、傷付き易く繊細な少年は、失われた。

アルフォンソは、感情を、心を、鈍くした。この厳しい世界で、生き残るために。

その甲斐あって、やがて誰もがアルフォンソを、立派な王太子だと褒め称えるようになった。

作り上げてしまったその偶像を裏切らんために、さらに逃げ場を失い、アルフォンソは強い自分を演じ続けることとなった。

弱い自分のことなど、誰も必要としていない。だからこそ、強くあらねばならない。

それなのに、押し殺された本来の矮小な心が、時折耐えきれず悲鳴を上げた。

実の年齢に不相応な人格を演じることは、やはり精神的な負荷が大きかったのだ。

（……消えてしまいたい）

そんな周囲の期待によって追い詰められたアルフォンソが限界を感じ、ある日一人になりたいと女官や侍従たちを撒いて王宮の庭園を彷徨っていると、小さな八角形の宮を見つけた。

中はごく小さな部屋になっており、その中央には不釣合いの大きな寝椅子が置かれている。そして、白い壁には一枚の絵が飾られていた。

(——なんて、綺麗なんだろう)

その絵に描かれていたのは、まるで妖精のような細身の少女だった。銀色に輝く髪をたなびかせ、こちらを向いて、その薄青の目を細めて屈託なく笑っている。

その生き生きした表情から、目を離せなかった。通常、こうした肖像画に描かれた人物は、取り澄ました微笑みを浮かべているものなのに。

自分が最後にこんなふうに笑ったのは、いつだったろうか。

公務上愛想笑いこそするが、心から笑ったことなど、母を喪くしてから一度もない気がした。

アルフォンソは寝椅子に転がると、絵を見上げながらしばらくの間ぼうっと過ごした。

誰からの視線もない時間は、酷く楽だった。

こんな風にだらしなく寝椅子に寝っ転がることも、しばらくしていなかったことを思い出す。

それからアルフォンソは精神的に限界を感じると、こっそりこの小さな宮を訪れるようになった。

誰からも干渉されない一人の時間と少女の微笑みは、僅かながら彼の心を癒してくれた。

――――アルフォンソの、大切な秘密基地。

「この宮は四代前のエドワード王の時代に建てられたものだそうです。そちらに飾られている絵は、エドワード王が若かりし頃に愛した、遠く北にあるアーリア王国の王女の絵だとか」

だがここで一人で過ごしているところを、時折ふらりと王宮に現れては、アルフォンソに時事語りやら説教やらを垂れ流していくファリアス公爵に、うっかり見つかってしまった。

なんとも目敏(めざと)い男だとうんざりしながらも、ついでにこの小さな宮の由来を聞いてみれば、そんなことを教えてくれた。

そんなファリアス公爵ルードルフは、銀の髪に青紫の目をした、かつての美貌を彷彿(ほうふつ)させる、老齢の男だ。

すでに六十路近いはずだが、若々しく、全くそうは見えない。今でも渋くて素敵と王宮の女性たちからも大層人気がある。だがそんな本人は随分前に亡くした妻に、今でも夢中だ。

優秀な男だが、どうにも腹黒く、目的のためなら手段を選ばない非情な面もあり。正直何を考えているのか、若輩者のアルフォンソには全く分からない。

つまり、アルフォンソは、彼のことがあまり得意ではない。

だが彼は、会うたびになぜか、アルフォンソに妙にかまってくるのだ。

そうすることで、自分は第二王子ではなくアルフォンソを支持していると、暗に主張(アピール)をしているのかもしれないが。

「アーリア王国は、我が国とは違い、一夫多妻を認めている国です。宗教が違えば文化も違うのですねぇ」

その話にアルフォンソは驚く。エルサリデ王国では国教の教義上、王であっても、妻は一人のみと定められている。

「妃が何人もいたら、面倒じゃないか」

「同感ですが、世の中には女の数をまるで自分の価値であるかのように考え、矜持を満たす愚かな男もいるのですよ。いやぁ、殿下は実に真っ当ですねぇ。結構結構」

「…………」

ファリアス公爵の、このあえて神経を逆撫(さかな)でするような物言いが、非常にアルフォンソの気に障るのである。思わず不愉快そうに眉を顰めてやれば、彼は宥めるようにへらへらと笑う。

「まあ、それはともかく。当時、この絵の王女はアーリア王国から友好の証に妃の一人にしてくれと、一方的に送られてきてしまったのだとか」

だがエドワード王にはすでに正妻たる王妃がおり、その間には後継たる王子もいた。

エルサリデ王国では国主たる王であっても、妻を複数娶ることはできない。そもそもこの国の王室には側妃という地位自体が存在しない。

よって友好の証である王女は母国に帰ることもできず、異国で宙ぶらりんの状況となってしまったのだという。

「王女はその状況に耐えきれず、人の良さそうな貴族の若者を引っ掛けると、自らを彼に下賜してくれと王に頼み込み、とっとと嫁に行ってしまったそうですよ。女性というのは実に強かな生き物ですねぇ」

「……………それは何と言うか、すごいな」

その王女の並外れた行動力に、アルフォンソも驚く。そんな願いを受け入れる、王も王だが。

北の民は狩猟民族だというから、女性もまた、強かなのかもしれない。

そして、その話を聞く限りは、めでたしめでたし、で終わりそうな話である。

だが、それならばなぜエドワード王はこんな場所に小さな宮を作らせ、未練がましく彼女の絵を飾っているのか。その理由がわからない。

「エドワード王は晩年、王妃を亡くした後で、この宮を作ったとか。つまり、若かりし頃手放してしまった王女を、本当はずっと憎からず思っていたのでしょうねえ。人間は歳をとると、やたらと感傷に浸りたくなるものです」

老王は、この宝石細工のような若き王女を、愛していたのだろう。

だが彼を取り巻く状況が、それを許さなかった。

「この国は基本腐っておりますので、王の愛妾は、他の誰かの妻である必要があります。エドワード王も、もしかしたらそれを狙って臣下に王女を下賜したのかもしれませんねぇ」

臣下に愛する女を下賜し、その家の後継が生まれた後に愛妾として再度側に召し上げるのは、歴史上でもよく使われている手段だ。

王と愛妾の間にできた子供は、全てその愛妾の夫の子供とされる。王位継承を煩雑にさせないための、反吐が出るような、醜悪な仕組み。

妻を提供する夫としても、王に恩を売れることを考えれば、悪くない取引なのだろうが。

「かつて夫のいない若き愛妾を、王妃を持つ身でありながら王宮に留めおいた王がいましたが、まあ、やはり碌なことにならなかったもので」

その教訓から、こういった方法が取られるようになったらしい。

「心底くだらないな……」

年若く潔癖なアルフォンソは、苦々しく吐き出す。神に対する抜け道を探してまで、妻以外の女性と関係を持ちたがる代々の王の気持ちが、全く理解できない。

だが当のアーリア王国の王女は、自ら望んだ夫とその生涯を仲睦まじく幸せに過ごし、結局王の愛妾となることはなかったらしい。王の思惑は、まんまと外れたこととなる。

「手に入らなかった女ほど後を引く。男というのは、なんとも愚かで哀れな生き物ですねぇ」

呆れたようにそう言って、ファリアス公爵は話を締め括った。

今思えば、明らかに子供の域を出ていないアルフォンソに話すような話ではないが、まあ、そういう男なので仕方がない。

アルフォンソには、エドワード王の気持ちはわからない。だが、この絵の少女に心惹かれる気持ちは、なんだかわかる気がした。

場によっては、浮かべる表情すら選ぶ自由のない王にとって、屈託のない彼女の笑顔は、さぞ眩しかったことだろう。

それ以降もアルフォンソは、精神的に追い詰められる度に、一人この宮で過ごした。

周囲の期待とは逆に、王妃と異母弟は、王妃の母国であるアルムニア王国に傾倒し、エルサリデ王国を顧みることはなかった。

彼らは大国（アルムニア）の王家の血を引くことに誇りを持ち、選民思想に凝り固まり、エルサリデの民を見下して、傲慢な態度を崩さない。

さらにはアルムニア王国がエルサリデ王国を対等の国としてではなく、属国として呑み込まんとしていることが、徐々に明るみに出てきた。

すると自国の独立を守るため、国有数の大貴族であるファリアス公爵を中心として、やはりアルフォンソを王に、という声が次々と上がり始めた。

これまで王太子（アルフォンソ）をぞんざいに扱っていたくせに、都合の良いことだと思う。

アルフォンソ自身が王になりたいと望んでいるわけではない。だが、このままではエルサリデ王国そのものが失われてしまう恐れがある。

アルムニア王国の属国となれば、この国は搾取されるだけだと分かりきっていた。

いずれは国としての体裁すら失い、アルムニアの一部とされてしまうかもしれない。

王妃と第二王子の狙いは、まさにそれだ。彼らはエルサリデ王国のことなど、なんとも思っていない。せいぜいがアルムニアという炎に投げ込む、薪くらいの認識だろう。

第二王子が国王となった暁には、この国はあっという間にアルムニアに呑み込まれることになる。――――それは、絶対に防がなくてはならない。

だが、それまで野心を見せなかったアルフォンソが、自ら王となるために積極的に動き出したことに、王妃と第二王子は危機感を持った。

もともと優秀な異母兄と日々比べられてきた第二王子は、アルフォンソに憎しみに近い劣等感を抱いていた。

そして彼らは、アルフォンソを物理的に排除する方向へと動いた。

この国に王子は二人だけだ。つまり王太子であるアルフォンソさえ消えれば、王位は必然的に第二王子のものとなる。

――――そして、初めに狙われたのは、あの小さな宮だった。

いつものようにアルフォンソが中で休んでいる間に、外側から鍵をかけられ油を撒かれ、火を放たれたのだ。

その臆病な性質から、すぐに異変に気づいたアルフォンソは、窓を突き破って脱出した。

だがあの美しき王女の絵も、居心地の良かった寝椅子も、その全てが燃え尽きてしまった。

こうしてまた、アルフォンソが心休める場所は失われた。

実行犯と見られる女官は、駆けつけた兵たちによって捕らわれる寸前、服毒し自らの命を断ったため、その証言を取ることはできなかった。

誰が首謀者か分かりきっていながら、糾弾するための証拠がない。

女官は、長くアルフォンソに仕えてくれたうちの一人だった。だからこそアルフォンソがたまにこの小さな宮で息抜きすることを、知っていたのだ。

アルフォンソはもう、誰を信じていいのかわからなくなっていた。

自らの命を確保するため、後ろ盾のないアルフォンソは、ファリアス公爵を頼ることにした。

何を考えているのかいまいちわからない男だが、彼の狂気すら感じるほどの、深いこの国への愛国心だけは、信用に値すると考えたのだ。

このまま王宮にいれば、いつ殺されるかわからない。

そして父である国王と一部の側近にだけ行き先を伝え、避難も兼ねてファリアス公爵領を目指し、乗ったその船で。

――アルフォンソは、自らの運命に出会った。

ふと海が見たくなり、船室から抜け出した甲板で。

海を眺めながら歌うフロレンシアを、初めて見た時。

アルフォンソは真面目に、セイレーンが自分を惑わしているのかと思った。

セイレーンは獲物を誘惑し海に沈めるため、その男の理想の女の姿をして現れるのだという。

髪の色こそ違うが、彼女はまるで、焼けてしまったあの絵から、抜け出してきたかのようだ。

アルフォンソは、彼女に見惚れ、その場から動けなくなってしまった。

(──いっそこのまま、何もかも忘れて、彼女と共に海に沈んでしまえたら)

それはそれでいいのではないか、とさえ思えた。

常に殺されるのかもしれないという緊張の中で、アルフォンソは、酷く疲れていた。

もう楽になりたい、などと甘えた感傷に浸り、うっとりと彼女に向かって手を伸ばせば。

セイレーンは、容赦なくその手を叩き落とした。

さらに自分は人間だと言って、呆れた顔をした。

叩かれた手の甲の痛みで、アルフォンソは初めてこれが現実なのだと気がついた。

その上非常に迷惑そうな顔をされ、名前すらも教えてもらえず、ぞんざいな対応をされた。

(酷すぎる……！)

もし彼女がセイレーンだったのなら、もう少し獲物(アルフォンソ)に対して奉仕精神(サービス)があるだろう。つまり、彼女は人間なのだ。

それにしても、女性からこんなにも露骨に嫌がられたのは、生まれて初めてだ。もちろん彼女がアルフォンソの身分を知らない、ということもあるのだろうが。

そこで、アルフォンソは余計に彼女に興味が湧いてしまった。

彼女ともっと話がしたくて、冷たい対応をされても必死に食い下がり、会話を続けた。

彼女はどうやら、感情の温度が低いようだ。冷たさは感じないが、全体的に淡々としている。だが媚びを含んだ猫撫で声よりも、その抑揚の乏しい話し方が、むしろアルフォンソには心地よかった。


そして初めて彼女が笑ってくれたとき。アルフォンソはあっけなく恋に落ち。

その後に彼女に婚約者がいると聞いて。アルフォンソはあっけなく失恋した。


婚約者を裏切るような真似はできないと、はっきりと言われ、追い払われてしまった。

自ら望んだ婚約ではあるまいに、それでも彼女はそれを受け入れ、誠実であろうとしていた。

そんな潔い彼女にとって、アルフォンソは邪魔な存在でしかないのだろう。

自分が無様で、ひどく落ち込みながら、その場を後にし、アルフォンソは船室に戻った。

初めての恋と失恋の余韻の中、彼女の歌う姿を思い出しながら、ぼうっと過ごしていると、
突然船に大きな衝撃が走った。

我に返り、慌てて同行している側近とともに避難しようとしたところで、その側近から銃を向けられた。

「――申し訳ございませんが、殿下にはここで死んでいただきます」

彼の顔はひどく青ざめ、銃を構える手は、小刻みに震えていた。これほど怯えていては、当

たるものも当たるまい。

「――誰に脅されている」

彼のことを、それなりに信用していた。第二王子へと鞍替えするものたちが多い中で、最後まで残ってくれた。

子爵家の次男坊で「出世は最初から諦めていますので、僕は殿下に付き合いますよ」と笑ってくれた穏やかな側近。

何者かに脅されて、こんな行動に出ていることは、間違いがなかった。

「そんなの、分かりきっているでしょう？　第二王子殿下ですよ」

わざとだ、とアルフォンソは悟った。彼はあえてその答えを自分に教えようとしている。

「お前のことを、それなりに気に入っていたんだがな」

「僕も殿下のこと、嫌いではなかったですよ」

――でも、どうしようもないんです。と。そう言って、彼は泣きそうな顔で笑った。

するとまた船が大きく揺れ、側近の気が僅かにそれた。

その瞬間にアルフォンソは彼に体当たりをして銃を奪うと、部屋を飛び出した。

だが、どうやらアルフォンソに向けられた刺客は、彼だけではなかったようだ。

部屋を出てすぐに幾人かの屈強な男たちに追われ、空室に身を隠し、けれどもそこも暴かれ、銃を発砲して追っ手を散らし、また逃げ出して。

必死に廊下を走っている際に、誰かに手を引かれた。暗闇に浮き上がる、細く白い手。慌てて銃を向けたその手の主は、先ほどアルフォンソをこっぴどく振った少女だった。彼女に導かれるまま、暗闇の中ひたすら走る。彼女の薄青の目は闇の中でも僅かな光で、ものを見ることができるらしい。

妖精のような儚げな、フロレンシアという名の少女は、その実、とんでもない行動力と冷静な判断力を持っていた。

そうして沈む船から脱出し、救命艇に乗って、漂流をして。

死への恐怖の中。もう他に失うもののない状況の中で。

「――泣いちゃっても良いわよ」

これまで誰もアルフォンソにくれなかった赦(ゆる)しを、彼女はくれた。

そしてアルフォンソは十数年ぶりに、泣いた。

自分でもびっくりするくらいに、次から次に涙が溢れた。まるで、溜(た)め込(こ)んだ分の涙を一気に放出するように。

極限の状態で、甘やかされて、ずっと隠してきた本性を暴かれてしまった。

――泣き虫で臆病な、本来の自分。

フロレンシアはそれを、ただ、淡々と受け入れてくれた。

みっともなく泣き、無様に愛を乞い、同情含みながらも受け入れられて。何も知らない彼女を手に入れた。

そして星に導かれ、楽園のような島に辿り着き、夫婦としてともに暮らした。

慣れない生活に四苦八苦しながらも、久しぶりに泣ける場所を手に入れたアルフォンソは、人生において、最も幸せな時間を過ごした。

どれほど辛いことがあっても、あの小さな家に帰れば愛しいフロレンシアが、柔らかく温かな体でアルフォンソを抱きしめ、慰めてくれる。

フロレンシアは、アルフォンソが泣くとなぜか妙に嬉しそうにしているので、アルフォンソは心置きなく彼女の前でだけは、泣くことができる。

このまま愛する女のそばで、穏やかに暮らせたら。それだけで幸せだと思うのに。

どうしてもアルフォンソの心が、王太子としての義務が、それでいいのかと問うてくるのだ。

(本当に、この国がどうなってもいいのか?)

手段を選ばない彼らは、暗殺を事故に見せかけるために、多くの犠牲を出すと知りながら船を沈めた。彼らはもう、手段を選んでいない。

異母弟が国を継げば、さらに多くの人々が、苦しむことになることだろう。

彼らには、エルサリデの国を、民を、守る気がないのだから。

（……やはり、確認だけでもしておきたい）

アルフォンソは未だ、フロレンシアに自分の身分を伝えていなかった。萎縮されたくなかったし、その地位を捨てることも考えていたからだ。

アルフォンソがいなくとも、この国がどうにか立ち行くのであれば。

この島で、漁師として、愛する妻と穏やかに暮らしても、許されるはずだ。

一度内地に戻ることをフロレンシアに伝えれば、彼女は少し寂しげにしながらも、いつものように笑って頷いた。

完全に、もうアルフォンソは帰ってこないものと思っているのだろう。しかも、それをまた淡々と受け入れている。

（どうしてそう、無駄に諦めが良いんだ……！）

泣いて「行かないで」と縋るくらいは、してくれてもいいのではないか、と思う。

彼女が泣いたところなど、残念ながら一度も見たことがないが。

せめて、もう少し惜しんでほしい。簡単に別離を受け入れないでほしい。

彼女の中の自分という存在の軽さに、泣きたくなるではないか。

「必ず戻ってくるから」

何度も繰り返したその言葉に、嘘はなかった。もし王太子としていずれ王宮に戻らなければならないのだとしても。落ち着いたら、必ず彼女を迎えにいくつもりだったのだ。

だが、内地に戻ってみれば、思った以上に状況は悪化していた。

異母弟と王妃は、アルフォンソ暗殺の罪を、ファリアス公爵に被せようとしていた。

そうすることで、属国化反対派の勢力を一気に削ぐつもりなのだろう。

杜撰としか言いようのない計画だが、少なくとも周囲に、ファリアス公爵への不信を植え付けることはできる。

ファリアス公爵が力を失えば、この国に未来はない。アルフォンソは、選ぶしかなかった。

（――フロレンシア、すまない。少しだけ待っていてくれ）

アルフォンソがその正体を巡回船の船員に明かせば、あっという間にファリアス公爵ルードルフとの面会が成った。

「おやまあ、生きておられたとは。随分とご冥福をお祈りしてしまったというのに」

多少は追い詰められ憔悴していると思いきや、ファリアス公爵は相変わらず飄々としていた。

相変わらず可愛げのない男だ。その太々しい強靭な精神を、僅かでも分けてほしい。

「生きていて悪かったな」

「いえ、ありがたいですよ。これで私は簒奪者とならずに済みますしね」

「…………」

どうやら彼は、この国がアルムニアの手に落ちるくらいならば、王位の簒奪すら考えていたらしい。相変わらず、恐ろしい老人である。

確かにファァリアス公爵家には何度か王女が降嫁しており、王家の血が濃く引き継がれ、順位は低くとも王位継承権も持っている。やろうと思えば、可能だろう。

「ただ国の体力は残しておきたいので、できるだけ内乱は起こしたくないんですよねぇ」

「………………」

彼は、王ではなくこのエルサリデ王国という国に、忠誠を誓っているのだろう。

国のためならば、王の首をすげ替えることも辞さないようだ。

「――さて、殿下。そろそろ覚悟を決めていただきましょうか」

「……ああ。お前の望み通り、王になってやる。――ただし、条件がある」

おや、とばかりにファァリアス公爵が眉を上げる。

アルフォンソがあの島で女性と暮らしていたという事実も、彼には筒抜けのはずだ。

わざとらしいその態度に若干苛立ちを感じつつも、アルフォンソは交渉した。

「なるほど。殿下を助け、ともに暮らしていた女性というのは、やはりフロレンシア嬢のことだったのですね」

「……ああ」

「つまり、私は婚約者を殿下に寝取られた、ということですねぇ」

よよよ、と泣くような身振りをする公爵に、アルフォンスの肌が粟立つ。正直気持ち悪い。

「人聞きの悪いことを言うな。お前はフロレンシアを妻にするつもりなど、最初からなかったくせに」

　ファリアス公爵は、元々アルフォンソに充てがうために、フロレンシアを用意していたのだろうと、アルフォンソは考えていた。

「おや、そんなことはございませんよ。状況によってはちゃんと結婚するつもりでしたよ」

「だとしても、フロレンシアを私の愛妾にするために仕方なく、だろう?」

　アルフォンソの指摘に、ファリアス公爵はにやりといやらしく笑う。

「フロレンシア嬢を一目拝見した際、殿下は間違いなく彼女に心惹かれるだろうと思ったんですよねぇ。お好きでしょう?　あの顔」

「…………」

　まさにその通りに事が進んでしまい、ぐうの音も出ない。腹立たしいことこの上ない。

　つまり自分は、公爵の仕掛けた罠にまんまと引っかかったということだ。

　おそらくファリアス公爵は、あの絵の王女によく似たフロレンシアを見て、彼女を対アルフォンソの手駒にすることを目論んだのだろう。

　フロレンシアがあの王女の子孫であることを、最初から知っていた可能性もある。

　ファリアス公爵家には現在娘がいない。よって王家との間に繋がりを持つための娘を得る必要があった。そこで彼が見出したのがフロレンシアだったのだ。

「アルフォンソ様の婚姻には他国の干渉を受けたくなかったのですよ。今回オクタヴィア妃の件もありまして、あなたの妃は、このエルサリデ王国を想う女性であってほしかった」

そして、それでも他国の王女を迎えざるを得ない状況となった際には、フロレンシアを愛妾とし、後継を彼女との間で作らせるつもりだったのだ。

「非嫡子であっても、王族として認められた例がいくつかございます。王妃との間に子が生まれなかった場合や、王自身が我が子であると認めた場合などですね」

フロレンシアとアルフォンソとの間に子ができた場合、ファリアス公爵は白い結婚を申し立て、その子供の王位継承権を主張するつもりだったらしい。

年齢差からも、それが認められる可能性は高いと踏んでいたようだ。

「……私は、フロレンシアを日陰の身にするつもりはない」

彼女が性格上、それを望まないことは分かっていた。エドワード王の二の舞など、ごめんだ。

好きな女を唯一の妻にすること。それが、アルフォンソが王となるための条件だった。

「……なるほど。私の想定以上に、フロレンシア嬢は良い働きをしてくれたようですね」

公爵はアルフォンソのフロレンシアへの執着が嬉しいようだ。おそらく己の目論みが成功したからだろう。だが、フロレンシアを手駒としか思っていないことがよくわかる発言に、アルフォンソは苛立つ。

この老人は、この国のためなら一人の少女の犠牲など、取るに足らないものだと思っている。

「つまりは、私は陛下の運命を紡いだ立役者、ということですねえ」

「黙れ。気持ち悪い」

アルフォンソの肌が、また盛大に粟立つ。ファリアス公爵はくつくつと楽しそうに笑った。

運命と思ったそれら全ては、この老獪な男の手の上だった。そう思うと泣けてくる。だが。

「私はフロレンシアの顔も確かに好きだが、愛したのはその心だ」

いざという時の行動力と冷静な判断力、どこでも何にでもすぐ適応してしまう、強かさ。

そして、なによりもアルフォンソのありのままを受け入れてくれる懐の深さ。

「ほう、私の目には、ごく普通の御令嬢に見えましたがね」

それはフロレンシアが、一般的な男性の好みに合わせ、適当に猫を被っていたからである。

もちろんそんなことを、公爵に教えてやるつもりはないが。

「良いでしょう。フロレンシア嬢は差し上げます。その代わり、あなたはこの国の王となる」

そして、ファリアス公爵が取り出したのは、一枚の結婚契約書。

そこにあるのは今よりも若干拙い字で書かれた、愛する女性の名前。

それからこれが間違いなく本人の署名であり、正式な書類であることを証明する、立ち会った国家書士の署名。

「経済援助のカタとして、フロレンシア嬢に書いていただいたものです。彼女のご両親があまり信用のならない方々だったものですから、約束を反故にされないようにね」

ファリアス公爵の目から見ても、フロレンシアの両親は、悪辣な人間であるらしい。

だが、確かにこれならば夫の署名欄を埋めるだけで、結婚を成立させることができる。

「今のうちに、前もってあなたの妃の座を埋めておきたいのですよ。どうぞこちらにご署名を」

アルムニアにはまだ未婚の王女が何人もいる。第二王子が失脚したことで、その代わりにと、彼女たちが新たにアルフォンソの妃として送り込まれてきたら、目も当てられない。

よって、アルフォンソが王太子として復権するにあたり、前もって妃の座を埋めておく必要があると、ファリアス公爵は言った。

エルサリデ王国を含むこの大陸の国々は、宗教上厳格な一夫一婦制だ。すでに王太子妃の座が埋まっていれば、アルムニアといえど無理矢理自国の王女を押し付けることはできない。

「ここは一つ、命を助けてくれた恩人の令嬢と恋仲になり、若気の至りでいっときも離れたくないと結婚してしまった、ということにしておきましょう。国の状況に倦んでいる民は、王太子のうっかりな恋物語をむしろ歓迎するかと」

知らぬ間に適当な恋物語まで作られている。しかもあながち間違いではない。

アルフォンソは、その場で躊躇いなく夫の署名欄を埋める。

そして速やかにフロレンシアとの結婚契約書は、教会に提出された。

それからフロレンシアの早急な保護を公爵の三男坊に頼み、慌ただしくアルフォンソはファリアス公爵と共に王都に戻った。

すぐに父である王に謁見し、第二王子と王妃により暗殺されかかったことを報告する。しばらく見ぬ間に随分と老け込んでしまった父は涙を流し、息子の生存を喜んだ。

現王妃の手前もあり、母亡き後は関わることもなくなり、優しい言葉をかけられた記憶もない。だが思ったよりも自分は父に愛されていたのかもしれない、とアルフォンソは思った。

国王に連れられてアルフォンソが朝議の場に姿を表した際の、第二王子（ローレンツ）の顔は傑作だった。

彼は、まさかアルフォンソが生きて帰ってくるとは思っていなかったのだろう。

暗殺は成功したものと確信し、せっせと自身の立太子の準備をしていたようだ。

そして、アルフォンソとファリアス公爵は、これまで密かに集めていた数々の証拠をもって、王妃と第二王子の罪を詳らかにした。

アルフォンソの死を確信していたがために油断していたのだろう。

多くの証拠が隠滅されぬまま、残されていた。

また、彼らとアルムニアによってなされた、資金集めのための、多くの詐欺行為についても。

フロレンシアの父が金を巻き上げられたという不動産売買詐欺も、王妃と第二王子の息がかかっていた。騙された貴族は、フロレンシアの父以外にも、多くいたのだ。

そして集められた資金は、密かにアルムニア王国へと送られていた。

どうやらアルムニアは、他国で詐欺行為を働かねばならぬほど経済的に困窮しているらしい。

アルムニア王国をこれ以上刺激しないよう、処刑することはできなかったが、罪に問われた彼らを王宮の奥に幽閉し、今後国政に関わらせないようにすることには成功した。

そしてようやく状況が落ち着いて、フロレンシアを迎えにアルフォンソがファリアス公爵とともに彼の領地へと戻ってみれば、ファリアス公爵の三男坊はフロレンシアを勝手に彼女の実家に送り返していた。

三男坊を殴り飛ばした後、慌てて彼女の実家であるコンテスティ伯爵家に向かってみれば。

「フロレンシアは病で亡くなりました……」

愛する妻の死を、その親であるコンテスティ伯爵夫妻から伝えられた。

アルフォンソは衝撃を受け、頭が真っ白になった。

墓に案内され、跪き、その新しい墓標にある愛しい名前を震える指でなぞり、絶望する。

「……なぜこんなことになったのか、説明を求めたい」

普段は飄々としているはずのファリアス公爵の声にも、珍しく苛立ちが混ざっていた。

コンテスティ伯爵夫妻は、朝起きたら娘が死んでいた。病名はわからない。などと、落ち着きなく言い訳を繰り返している。

そんな中、フロレンシアの兄であるリカルドは、酷く冷めた目で妹の墓を見つめていた。

その姿に、嘆きの中にいたアルフォンソは、違和感を持った。

確かフロレンシアは、兄とは仲が良いと言っていなかっただろうか。

兄のために、ファリアス公爵との縁談を受けたのだと。

それなのに、その兄が、こんなにも冷たい目で、妹の墓を見るものだろうか。

「――墓を掘り返せ」

無意識のうちに自分でも驚くほど、冷たく強い声が出た。

もしこの下に本当にフロレンシアが眠っていたとしても、構わない。ただ愛しい女に会えるだけのこと。

アルフォンソの指示に、ファリアス公爵も同意し、連れてきた私兵に命じる。

コンテスティ伯爵夫妻が必死に縋って、娘を辱めないでくれと泣きながら必死に止める。

だが、やはりフロレンシアの兄は、それを止めようとはしなかった。

そして私兵たちが墓を掘り返させてみれば、案の定、いくら掘ってもそこには何もなかった。

棺すらも埋められていなかったのだ。

「どういうことだ……？」

アルフォンソが、威圧的にコンテスティ伯爵を問いただす。

今にも倒れそうな真っ青な顔で震えるだけの両親を、侮蔑の目で見やると、伯爵子息リカルドは小さく吹き出して、くすくすと楽しそうに声をあげて笑い出した。

「妹ならば、逃げましたよ」

「逃げた……？　何故？」

「家に帰ってきた妹は、何処の誰とも知らぬ男の子供を孕んでおりました。そして両親に無理矢理堕胎させられそうになり、腹の子を守ろうとこの屋敷から逃げ出したんです」

それが本当ならば、コンテスティ伯爵夫妻は堕胎罪に問われ、宗教裁判にかけられることになる。フロレンシアの両親が、悲鳴を上げた。

「フロレンシアに、子供……？」

アルフォンソは呆然と呟く。

「ええ、愛した男の子供なのだそうです。どうしても産みたいと言うので、私が逃しました」

その子がアルフォンソの子であることは、疑いようがなかった。全身が、震える。

「教会に通報していただいても構いません。……こんな家、とっとと潰れてしまえばいい」

自らが罰される可能性も受け入れて、リカルドは毒を吐き出した。

実の息子によるまさかの裏切りに、コンテスティ伯爵夫妻が親不孝者だの裏切り者だのと、聞き苦しい怨嗟(えんさ)の言葉を吐く。

だがリカルドはどこ吹く風だ。むしろ胸のつかえがとれような、清々しい表情をしていた。

おそらく、元々ファリアス公爵がフロレンシアを迎えに来た際に、全てを暴露するつもりだったのだろう。

「コンテスティ伯爵夫妻には、詳しいお話を聞かせていただきましょうねえ」

ファリアス公爵の命により、兵士たちがフロレンシアの両親を連行していく。

もうこれ以上の言い逃れはできないと判断したのだろう。息子に憎しみのこもった視線を向けながら、彼らは大人しく連行されていった。

「……すまない。フロレンシアの腹にいるのは、私の子だ」

アルフォンソが、リカルドに頭を下げる。

その言葉に驚き、顔を上げたリカルドが、アルフォンソの顔を見て愕然とする。

彼とは王太子として、顔を合わせたことがあった。どうやらアルフォンソの正体に気が付いたらしい。

「王太子……殿下」

掠れた声でリカルドが呟き、慌てて膝をついた。彼の顔に、僅かにフロレンシアの面影があり、懐かしくてアルフォンソは目を細める。

「私の妻と子を守ってくれたことに、感謝する」

「もったいないことです……。妹はとんでもない大物を捕まえたんですね……」

くしゃりと顔を歪め、泣き笑いをしながらリカルドは呟いた。

結局コンテスティ伯爵家は取り潰されることはなく、フロレンシアの兄であるリカルドが継ぎ、フロレンシアの両親は教会への通報をしない代わりに監視をつけた上で、何もない田舎へと、送られることになった。

処分がいささか甘いのは、いずれフロレンシアを妃にするために、彼女の経歴にこれ以上の傷を残したくなかったからだ。

その後、フロレンシアの行方は、ようとしてわからなかった。どうやら随分と遠くへ逃げたらしい。こんなところでも、彼女は無駄に抜群の行動力を見せていた。

王太子妃の不在の名目を、病気による療養としているため、大体的に捜索するわけにもいかず、信頼のおけるわずかな手勢で捜すしかない。

時間はあっという間に、刻一刻と過ぎていく。

子供は無事に生まれたのだろうか。そして、彼女は無事なのだろうか。

出産は命懸けだ。彼女はどんな環境でその時を迎えたのだろう。

子供は男の子だろうか、それとも女の子だろうか。

アルフォンソ似なのか、それともフロレンシアに似ているのか。

きっとどちらでも、とてもとても可愛いだろう。

たった一人で子供を育てているであろう彼女を思えば、胸が潰れそうになる。

毎日、妻子を想った。自分の脇の甘さで、遠く離れてしまった、愛しい家族。

やがて父が退位し、アルフォンソは王となり、それでもまったく姿を見せないアルフォンソの王妃に、少しずつ疑いを持つ者たちが増えた。

流石にいつまでも、王妃が不在のままで許されるわけではない。

「——そろそろ限界かもしれませんね」

フロレンシアを亡くなったことにして、新たな妃を迎えることを考えねばならない。

ファリアス公爵にそんな最終宣告を受けた時、目の前が真っ暗になったような気がした。

「もう少し、待ってくれ……」

自由のないアルフォンソが、唯一自ら望んだもの。

彼女を失ってしまったら、自分は何のために王になったのかすら、わからなくなってしまう。

それでなくとも、国王としての重責の中で、アルフォンソの心は少しずつ壊れかけていた。

アルフォンソが限界まで追い詰められた、まさにその時。

領地を立て直し中のコンテスティ伯爵リカルドから、王都に早馬がきた。

――――曰く、フロレンシアから、手紙が届いたと。

おそらく、そろそろほとぼりが冷めた頃と考え、妹は兄に連絡をとったのだろう。

その手紙には、無事に子供が産まれたこと。その子が女の子だったこと。エステルと名付けたこと。そして、娘は父親にそっくりであることが書かれていた。

『なんとか母娘で生活できています、心配しないでください』

最後はそう締め括ってあったという。共に過ごしたあの島にもあっという間に馴染んだ彼女らしい。どこにいっても彼女は、地に足をつけて、しっかりと生きているのだろう。

「エステル……」

それは、星の名前だ。北天に輝く、アルフォンソを楽園へと導いた星。

その名を娘につけた。つまりフロレンシアは、アルフォンソを今でも憎からず思ってくれていると、そう考えても良いのではないだろうか。

アルフォンソは直ぐに信頼できる配下を送り、手紙が運ばれた経路を徹底的に洗い出し、その近辺のエステルという名前の五歳の少女を捜索させ、とうとうその居場所を見つけ出した。

おそらくフロレンシアは喜ばないだろう。自らの自由のために貴族であることを、平然と捨ててしまうような女だ。

――だが、それでも。諦めることが、できない。

彼女がいなければ、いつか自分は潰れてしまう。だからこそアルフォンソは、自ら迎えにいくことにした。

自分自身のために。――愛しい妻と、まだ見ぬ娘を。

彼女(フロレンシア)はきっと、どこでも生きていけるのだろう。

ならば、そこはアルフォンソの隣でも良いはずだ。

だって自分は、彼女がそばにいなければ、生きていくことができないのだから。

ファリアス公爵に公務を押し付け、アルフォンソは妻と娘の暮らす街へと向かった。

そこは、海辺の小さな町だった。かつて彼女と暮らしたあの島を彷彿とさせるような。

まずはフロレンシアが仕事の間、娘を預けているという修道院に併設された孤児院へ向かう。

前もって連絡をしていたため、修道女が速やかに娘の元へと案内してくれる。

そして示された場所には、木でできた粗末な人形でままごとをしている小さな女の子がいた。

真っ直ぐな黒髪をしている。自分と、よく似た。

「……エステル」

星の名前を唇に乗せる。心臓が、破裂しそうなほどに鼓動を打つ。

名前を呼ばれた小さな黒い頭が上がり、やはり自分によく似た紫色の瞳が、真っ直ぐにアルフォンソを射抜く。


――その時アルフォンソは、『この子のためなら死ねる』と思った。


「世界にこんな可愛い子がいるとは思わなかった……」

「そうね。世界で一番可愛いわよね」

アルフォンソの回顧に、フロレンシアはうんうんと熱く頷いてくれる。

普段淡々としているフロレンシアは、娘のエステルのこととなると途端に熱くなる。

それだけエステルのことを、深く愛しているのだろう。

ほんの少しだけ娘が羨ましくなるのは、一生口に出さないであろう、アルフォンソの秘密だ。

アルフォンソは今日もフロレンシアの部屋に来て、しっかりと人払いをしたのちに彼女に縋り付いて「疲れた」とさめざめと泣いた。

「お疲れ様」とちょっと呆れ半分ながらも、今日もフロレンシアはよしよしと慰めてくれた。本当に優しい妻である。

ちなみに娘には厳しく「しっかりしなさい！」と叱咤されている。そこに父親への敬意は全く感じられないが、友達のように仲良くしてくれるので、良しとしている。

なんせまだ再会して三ヶ月だ。父親面をするのは、いくらなんでも烏滸がましいだろう。

自分が情けない人間であるのは事実であるし、『お父様』と呼んでくれるだけでも御の字だ。

いつものようにエステルと遊び、遊び疲れた彼女を寝かしつけ、そして夫婦二人で娘の寝顔を見つめながら囁きで会話をする。

かつて救命艇の上で互いの境遇を語り合った時のように、離れていた六年間のことを、答え合わせのように話す。

フロレンシアは、幼いエステルの思い出を。アルフォンソは一人で必死に戦っていた話を。

「仕方がない」と、そう言って、フロレンシアは諦めてアルフォンソの元に戻ってくれた。

再会して三ヶ月。これまでの忍耐の日々が嘘のように、毎日が幸せだ。

不満など、抱く方がおかしい。分かっている。分かってはいるのだが。

娘を慈愛に満ちた目で見つめる妻の、ネグリジェの深い襟ぐりから覗く白い肌が目に眩しい。

アルフォンソは、思わず切ないため息を吐いてしまう。

こうして毎日娘を挟んで仲良く三人で寝ているため、いまだにフロレンシアとの間に夫婦生活は復活していない。

今日、実は精一杯の勇気を出して、アルフォンソはフロレンシアに隠れて娘に交渉を試みたのだ。

「エステル。そろそろ自分の部屋で寝てみないか？　毎日でなくとも構わないから」

エステルも五歳だ。そろそろ母親の添い寝がなくとも寝られる年頃ではないだろうか。

よって、そんな下心満載の要望を伝えてみたのだが。

娘は、意味がわからないといった様子で首を傾げた。

「なんで？　それじゃお父様とお母様はどこで寝るの？」

「お、お、お父様のお部屋……かなぁ……？」

何とか僅かでも夫婦だけの時間が欲しかったのだが、娘は父が良い歳して母に寝かしつけてもらおうとしていると思ったらしい。

エステルの回答は、的確で、実に辛辣であった。

「お父様は大人でしょ？　我慢しなさい」

ぐうの音も出ないとはこのことだ。流石(さすが)だ我が娘よ、とアルフォンソは涙目で思った。

そして今日もいつものように、清く正しく、家族三人で並んで就寝しているのである。

家族仲良し。素晴らしいことだ。ずっと望んでいたものが手に入った。

だが人間とは強欲な生き物である。アルフォンソの本能が、それでは足りぬと叫ぶのだ。

(フロレンシアに触りたい……抱きたい……あんなことやこんなことがしたい)

だが今それを素直に口に出せば、間違いなく嫌われてしまいそうだ。

そもそも女性は母となると、性的欲求が減ると聞く。フロレンシアからも、そういった雰囲気は一切感じない。彼女は、ただ、ひたすらに母親だ。

つまりはここで着手(アプローチ)を失敗すれば、フロレンシアから軽蔑され、アルフォンソは心身ともに一生涯に及ぶ大損傷(ダメージ)を負うことになる。

よって、ことは慎重に慎重を重ねて進めねばならないのだ。

あの小さな島で二人で暮らしていた頃は、あんなにも容易く気軽に誘えたのに、なんとも情けないことである。

しかもそんな悶々(もんもん)としているアルフォンソの前で、フロレンシアの身に纏っているネグリジェが、非常に心臓に悪い。

なぜあんなにひらひらなネグリジェを着るのだ。下半身に刺激が強すぎるではないか。

もしや国王夫妻に夜の夫婦生活が未だないことに気づいた女官たちが、気を利かせてやっているのか。本当に勘弁してほしい。最高だが生殺しだ。

「アル……？　どうしたの？」

そう言って、身を起こしアルフォンソの顔を覗き込んでくるフロレンシアの上目遣いが艶っぽくて実に罪深い。だが彼女にそのつもりは全くないのだろう。妙な期待はしてはいけない。

「何でもないよ。そろそろ休もうか。……おやすみフロレンシア」

アルフォンソは枕元のランプの火を小さくすると、また天井を仰いで、エルサリデ王国の国法を第一条第一項から必死に頭の中で諳(そら)んじて、心を無にし、眠気を待った。

だが、フロレンシアの手が伸ばされ、そっとアルフォンソの頬に触れる。

その指先の冷たさに、アルフォンソは思わず小さく体を跳ねさせた。

「……あの、ね、エステルは、一度寝るとよほどのことがない限り、朝まで起きないの……」

アルフォンソはフロレンシアと違ってあまり夜目が利かない。だが薄灯の中でも、そんなことを恥ずかしそうに言う彼女の頬が真っ赤になっていることがわかる。これはもしや、まさか。

(誘ってくれているのか……⁉)

そう認識した瞬間、心拍数が一気に急上昇する。耳の奥で潮の音がする。

アルフォンソは動揺を隠しながらエステルを起こさないよう、そっと寝台から下りると、忍び足でフロレンシアの方へと歩いていく。

そして覚悟を決めてフロレンシアへ腕を伸ばしてみれば、少し恥ずかしそうにしながらも、彼女も手を伸ばしてくれる。

寝台から妻を抱き上げる。懐かしい重みだ。目が潤みそうになるのを必死に堪える。

するとフロレンシアは、アルフォンソの首に腕を巻き付けてそっと頬擦りをした。耳元で彼女の切なげな吐息が聞こえる。それだけでアルフォンソの背中がぞくりと戦慄（わなな）いた。

そのまま部屋を出て、久しぶりに自室へと向かう。思わず早歩きになってしまうのは仕方がない。

扉を開け、部屋に入り、扉が閉まった瞬間。アルフォンソはフロレンシアのその薄紅色の唇を激しく奪った。

「んっあ、んっ！」

深く口付ければ、呼吸が苦しいのか、フロレンシアが小さく呻く。その隙に彼女の口腔内へと深く舌を差し込む。

懐かしい、温かく柔らかな粘膜を味わい、蹂躙（じゅうりん）する。

そのまま寝台の上にフロレンシアを下ろすと、アルフォンソは彼女をシーツの上で拘束する。

どうやらこのヒラヒラの見えそうで見えない扇情的なネグリジェは、フロレンシア自らの意志で身に着けたもののようだ。おそらくは、こうしてアルフォンソを誘うために。

そう考えると、フロレンシアが愛おしくて、自然と顔がにやけてしまう。

惜しみながらも、そのネグリジェを彼女から引き剥（は）がす。そして、あっという間に生まれたままの姿にしてしまうと、窓からの僅かな月明かりで浮かび上がる、彼女の白い体を見つめる。

「――ああ、綺麗だ」

やはり、彼女は相変わらず、この世のものとは思えぬほど美しい。

思わず、といった感じでアルフォンソが漏らすと、フロレンシアは怯えた目で彼を見る。

「ほ、本当に……？」

「当たり前だ。君が綺麗じゃなかったことなんて、一度もない」

船上で出会った時も、海上を漂流した時も、太陽の下で笑っていた時も、今こうして、アルフォンソに組み敷かれている時も。

いつだってフロレンシアは美しく、アルフォンソの心を捕らえて離さない。

「……昔みたいに誘ってくれないから、もう女としては必要とされていないのかと思ったの」

何がどうしてそうなった。どうやら自分の涙ぐましい忍耐は、むしろフロレンシアを傷つけていたらしい。アルフォンソは泣きそうになった。

「なんでそう思うんだ……。私は君を抱きたくて抱きたくて、死にそうだったのに」

けれど、フロレンシアに嫌われてしまうかもしれないと思い、必死に我慢していたのだ。

それを聞いたフロレンシアは、困ったようにその形の良い眉を下げた。

だがきっと、すれ違いとはこうして生まれるのだ。

かつて離れ離れになった時、それを思い知ったはずだったのに。

せっかく人間には言語があるのだ。想いは言葉を尽くして伝えねばなるまい。

「だ、だって……日に焼けて鼻の頭にはそばかすができてしまったし、髪もパサついているし、体の線も妊娠出産で崩れてしまったし、お腹には妊娠線もあって……」

そう告白されて、アルフォンソは手を伸ばし、枕元にあるランプに火を灯した。アルフォンソはそれら全てが見えるほど、夜目が利かないのだ。

そして揺れる灯りの中、もう一度彼女の肌をまじまじと見つめる。

「待って！　そんなに、見ないで……」

羞恥からか、フロレンシアが弱々しい声で抗議する。だが、アルフォンソは目を逸らさない。

確かによく見ると、鼻の頭には小さなそばかすが浮いている。体も最後に見た時よりも少しふっくらしたかもしれない。そして、下腹部には白い線がいくつかうっすらと走っている。

「可愛い……」

それらを見たアルフォンソが嬉しそうに幸せそうにへらへらと笑って言えば、フロレンシアは眉を下げて、恥ずかしそうに目を逸らしてしまった。

そんな仕草ももちろん可愛い。なんせ、彼女を作るその全てが可愛いのだ。

「か、かわいくなんか……」

そんな自虐的なことを言おうとする、フロレンシアの悪い唇を、アルフォンソは自らの唇で塞いでやった。

それから、彼女の慎ましい胸を、手のひらでそっと揉み上げる。

やがて勃ち上がった乳嘴を、指の腹で優しく擦ってやれば、気持ち良いのか、フロレンシアは体を小さくピクピクと震わせた。

「んうっ！　はぁ、んんっ」

硬くしこり、色を濃くしたその頂を、強弱をつけながら指先で押しつぶし、つまみ上げれば、口づけの合間に小さく嬌声を漏らす。その声が、アルフォンソの腰に響く。

唇を離し、耳たぶをねぶってやり、首筋を舐め、それから胸の頂を口に含む。

それから舌先でその実を転がしながら、腕で、彼女の脚を大きく割り開かせる。

彼女の脚は良く引き締まった、労働を知るものの脚だ。

そこに自らの体を入り込ませると、彼女の脚の付け根へと手を伸ばす。

すでに興奮しているのか、ふっくらと盛り上がったそこは、蜜を湛えて開いている。

「んっ……」

その割れ目に指を沈め、濡れたその中を探る。そして、硬くなった小さな芽を見つけると、その表面を優しく撫でた。

「ひんっ！　やっ‼」

フロレンシアの腰が跳ねるが、体重をかけて逃れられないようにする。そして執拗に蜜で滑った指先でその敏感な芽をいたぶった。

「ふあっ！　やっ……！」

なんせ、フロレンシアに触れるのは六年ぶりだ。興奮のあまり乱暴にしないよう、必死に自分を律しながら彼女を高めていく。

果てが近いのか、太ももに力が込められ、小さく震えている。

きっと今なら怒られないだろうと、調子に乗ったアルフォンソは、彼女の脚の間に顔を埋め、その濡れた割れ目を舌で舐め上げた。

「だ、だめぇ……！」

悲鳴をあげて、手でアルフォンソの頭を退けようとするが、その手には力がこもっていない。

そのままアルフォンソは情け容赦なく、その可愛らしく敏感な陰核を強めに吸い上げた。

「────っ‼」

声も上げられないまま達したのだろう。フロレンシアが脚でアルフォンソの頭を押さえつけてガクガクと腰を震えさせた。

蜜口に舌を差し込めば、ヒクヒクと脈動を感じる。そのまま中を探ってやれば、次から次に蜜が溢(あふ)れ出てくる。

「もうやめっ……！ おかしくなる……から……！」

絶頂の最中にも刺激を送り続けたからか、快楽の波が長引いているようだ。

もちろんやめてやるつもりなどないアルフォンソは、身を起こすと、脈動を続ける彼女の中に指を差し込み、さらに敏感になったその膣壁を刺激してやる。

「やっあ、あああっ！」

フロレンシアは腰をくねらせながら、嬌声を上げた。

「フロレンシア、気持ちいいか？」

親指で陰核を強弱つけて潰しつつ、中指と人差し指を差し込んで中を掻き出すようにしてやれば、彼女は高い声を上げつつガクガクと頷いた。

わかっていながらも、あえて聞くのは、自らの中の征服欲のためだ。

この清楚で美しい女を淫らに喘がせ、辱めているのは自分なのだ、という。

やがて与えられた快感に体力を使い切ったのか、ぐったりとしてしまったフロレンシアの脚を大きく拡げさせる。

そして身につけていたガウンと下着を脱ぎ、そのグズグズに溶け切った蜜口に、これ以上なく興奮し、猛った自らを充てがう。

「……いいか？」

耳元で赦しを乞えば、うっすらとその薄青の目を開いたフロレンシアが、恥ずかしそうに小さくうなずく。

許されるままに腰を進める。アルフォンソと離れ、エステルを産んでから何も受け入れていないであろうそこは、やはり随分ときつく、だが温かく柔らかい。

アルフォンソが、ずっと、ずっと帰りたかった場所。

すぐに持っていかれそうになるのを、必死に堪えながら奥へと進めていく。

「あ、あああっ……！」

久しぶりでやはり僅かに痛むのだろう。それまで快感で呆けていたフロレンシアの顔が歪み、眉間に小さく皺が寄る。宥めるように、汗に塗れた彼女の顔に、口付けを降らす。

ゆっくりと侵食し、やがてその根本が彼女の腰に当たった。アルフォンソは大きく息を吐き、フロレンシアの体を強く抱き締める。

「愛してる。愛しているんだ……」

口から溢れるのは、なんのひねりのない凡庸な言葉だ。けれど、それ以外にこの心を表現する言葉が見つからない。

すると、フロレンシアの細い腕が、アルフォンソの背中にそっと回された。

「…………嬉しい」

小さく囁かれた言葉に、やはり涙が溢れた。

彼女をここに連れてきたのは、ただひたすらアルフォンソの我儘だ。

きっとフロレンシアは、アルフォンソがいなくとも幸せになれる。

だがアルフォンソは、フロレンシアがいなければ、幸せにはなれないのだ。

自分の想う何十分の一でもいい。フロレンシアに愛されたかった。

堪えられなくなって、腰を揺らす。よく濡れているからか、そこは抵抗なくアルフォンソを飲み込み、受け入れてくれる。

もう大丈夫だと言うように、とんとん、とフロレンシアがアルフォンソの背を優しく叩いた。

それに促されて、小さく引き抜き、奥まで打ちつける。水を攪拌するいやらしい音と、肌と肌のぶつかる音。

「ああっ！」

フロレンシアが小さく声を上げる。それは苦痛だけではなく、甘いものも滲ませていた。

最初はゆっくりと、けれどもフロレンシアの中が馴染んだことを見計らって、アルフォンソは激しく彼女を穿ち始めた。

「ああ、あああっ！　やっ……！」

揺さぶられたフロレンシアが、切なげな嬌声をあげる。もっとその声が聞きたくて、アルフォンソは彼女を追い詰める。

快感に背中を反らし、突き出された乳房にしゃぶりついて、その頂きを歯で扱いてやれば、中がさらにきゅうっと締まる。

さらに、与えられた刺激で充血し、真っ赤になっている花芯も律動に合わせて指先で執拗に刺激する。

「あ、あ――っ！」

同時に様々な快感を叩き込まれたフロレンシアは、呆気なく二度目の絶頂に飲み込まれた。

アルフォンソはきゅうきゅうと締め付けてくるそこを、ただ自分の快楽を追い求め、激しく突き上げる。

「あっ！　ああ！　やっあ……！」

フロレンシアは言葉にならない声を上げ、目を潤ませながら、揺さぶられている。

そしてアルフォンソはそんな彼女の最奥で、ずっと溜め込んでいた劣情を解放した。

脳天を突き抜けるような快感を、息を詰めて耐える。そして幾度か腰をゆらし、残滓まで全てを愛する妻の中に吐き出す。その度に、ビクビクと体を震わせてくれる、彼女が愛しい。

そして大きく息を吐くと、フロレンシアの上にゆっくり体を落とす。

アルフォンソの体重が心地よいのか、フロレンシアはうっとりと目を細めた。

どちらのものかわからない脈動と、荒い呼吸。激しい鼓動。

満たされた時間に、霞(かす)む思考の中で微笑み合う。このまま朝まで抱き合って寝てしまいたい。

――と、思うのだが、それが許されないのが、小さな子供を抱えた親というものである。

しばらく休んだ後、重い身体を叱咤して、フロレンシアから自らを抜き、必死に起き上がる。

そして、フロレンシアをこの部屋に連れ込めた時のためにと、健気に前もって用意しておいた手巾を手洗い用のボールで水に浸し、自分の手である程度温めた後、彼女の体を清拭する。

よほど疲れ果てたのか、普段なら抵抗するであろうフロレンシアが、されるがままだ。

彼女を綺麗に拭き上げ、床に放り投げられていたネグリジェを着せてやる。それから自身の体も清めてガウンをはおった。

そして、膝が笑って立ち上がれない妻をまた抱き上げ、娘の眠る部屋へと戻る。

エステルを見守ってくれた女官を労い、国王夫妻に当てられ真っ赤な顔をする彼女を退出させ、寝台を覗き込めば、娘は幸せそうな顔でぐっすりと眠っていた。

ぷーぷーと平和な寝息を立てている。

「…………」

そのあまりの愛らしさに、やはり娘のためなら死ねる、とアルフォンソは思った。

いつもの定位置であるエステルの右に、女官に気づかれたと恥ずかしがるフロレンシアをゆっくりと降ろし、自らはその左に入り込み、娘を間にして夫婦は微笑み合う。

「毎日とは言わない。たまに今日みたいに付き合ってくれないか……？」

味をしめたアルフォンソはフロレンシアにねだる。すると彼女はニッコリと笑って言った。

「そうね。十日に一度くらいなら」

だが残念ながら妻は、思ったよりはるかに厳しかった。

「ま、待ってくれ、それは明らかに私の想定より大幅に少ない。せめて二日に一回とか」

「無理よ。死んじゃうわ。せめて、九日に一回くらいで」

そこで、のっけから夫婦間の感覚の齟齬が大いに発生してしまった。

「全然足りない……！」

「仕方がないわね。じゃあ、七日に一回」

「それもあまり変わらない……！」

「あらまあ、困ったわ」

くすくすと楽しそうに笑い、結局互いの妥協点が決まらないまま、疲れている妻はすぐに夢の世界に旅立ってしまった。

納得はいかないが、そんな妻と娘の幸せそうな寝顔を見て、満たされたアルフォンソもまた、次第に重くなってきた瞼を、そっと下ろした。

第六章　未亡人にはなりたくない

「お初にお目にかかります。フロレンシア妃殿下、エステル王女殿下」

アルフォンソの言う通り、その後フロレンシアはファリアス公爵より謁見を申し入れられた。

そして、あまり堅苦しい場は避けたいと、王宮の庭で共にお茶をすることにした。

彼はすでに六十路を越えているはずだが、年齢を感じさせない若々しい男性だった。

初めて会うエステルとフロレンシアを見て、少し驚いたように目を見開いた後、穏やかに微笑み、完璧な所作で貴人に対する礼をとる。

かつてはさぞ女性を騒がせたのであろう、品良く整った顔をしている。年月によって刻まれた皺はあれど、それは男性としての成熟を感じさせるだけで、彼自身を全く損ねていない。

彼は、フロレンシアが想像していた人物とは、まるで違っていた。

「初めまして、ファリアス公爵閣下」

思わずぼうっと見惚れてしまったフロレンシアは、慌ててエステルを促し、挨拶を返す。

「初めまして、こうしゃくかっか」

初めて使う単語だからだろう。娘の『公爵閣下』の発音が怪しくて非常に可愛い。思わずフロレンシアは笑ってしまう。

「私はあなたの元婚約者であり、養父でもあり、臣下でもあります。どうぞ、私のことはルードルフとお呼び捨てくださいませ」

随分と情報量の多い自己紹介の後に、彼はパチリとお茶目に片目を閉じてみせる。

勝手に若い女好きのだらしない男だと思っていたことを、申し訳なく思う。

その仕草すら格好良く見えるのだから、罪深い老人である。

それにしても、これだけフロレンシアと関わりが深いというのに、こうして顔を合わせるのは初めて、ということが不思議だ。

まあ、彼がフロレンシアを対アルフォンソ用の駒にしようとしていたことは、すでに夫から聞いてはいるのだが。

『あのジジイには絶対気を許すな。後で痛い目を見るぞ』

とは、比較的人を見る目があると自負する夫の談である。

「つまりこうしゃくかっかは、エステルのお祖父様ということですか?」

彼の自己紹介を疑問に思ったのだろう。エステルが小首を傾げて彼に聞いた。

「私はフロレンシア妃殿下の養父ですので、そういうことになりますね。そして、エステル殿下もどうか私のことは、ルードルフとお呼びください」

「ルードルフ様？」

「いえ、『様』は必要ございませんよ。どうぞお呼び捨てくださいませ」

「どうして？　ルードルフ様の方がエステルよりもずっと年上で、お祖父様で、ご立派に見えるのに？」

「身分とはそういうものですぞ。エステル殿下は私などよりも、ずっと尊いお方なのです」

エステルは不可解そうな顔をする。この国の王女となってまだ三ヶ月と少し。やはり市井で育った娘には、理解できないことも多いようだ。

『お姫様』という存在は、残念ながら、彼女の思うように、ただ美しく着飾ってお城で贅沢に暮らしていればいい、というものではない。

与えられた身分には、それに見合うだけの義務と責任がある。

「……それならエス……私は、ちゃんとみんなに尊敬される王女様になるわ」

娘は小さくとも、いろいろと考えているのだろう。

ついでに、そろそろ一人称に気をつけましょうね、という母の言葉も思い出したようだ。

向けられる敬意に値する人間にならんと考える、娘の心にフロレンシアは誇らしくなる。

ファリアス公爵も大げさに感動した表情をして、流れるようにエステルの手を取った。

「ではエステル殿下。将来は父君の跡を継いで、女王陛下になってみませんか？」

そして、目を細めてとんでもないことを言い出した。もちろん冗談だとは思うが、若干その目が本気に見えるのは気のせいだろうか。どうか娘を恐ろしい野心に巻き込まないでほしい。

そんな公爵の隣には、近衛騎士の隊服を纏った、若き青年がいる。

その青年はかつて、フロレンシアを生家であるコンテスティ伯爵家に送った少年だった。

ファリアス公爵家の末息子で、確か、名をマリクといったか。

ファリアス公爵によく似た精悍な顔立ちをしており、最後に見た時よりも、随分と背が高くなった気がする。

だが、見事なまでに、あの頃あった傲慢さや軽薄さが削げ落ちてしまっていた。

家を追い出され、国軍で最も厳しいと言われる部隊に放り込まれ、心身共に徹底的にしごかれたのだとアルフォンソから聞いていた。

今では近衛騎士として、彼に仕えているのだと。そして当時は気付かなかったが、アルフォンソがフロレンシアとエステルを迎えにきた際、付き従っていた近衛騎士の中にいたらしい。

「ああ、コレがどうしても王妃殿下と王女殿下に自ら詫びたいと必死に乞うものですから。お見苦しいかとは思いますが連れて参りました。申し訳ございません」

ファリアス公爵がニッコリと笑う。その顔には妙な凄みがあって、フロレンシアは寒気を感じ、小さくぶるりと震えた。

「フロレンシア王妃殿下、エステル王女殿下。誠に申し訳ございませんでした」

マリクは苦悶の表情を浮かべたまま膝を下り、深く深く頭を下げて詫びた。かつてのフロレンシアとエステルの貧しい生活を目の当たりにし、自責の念も深いのだろう。

突然見知らぬ成人男性に頭を下げられ、エステルが驚き、目を白黒させている。

「煮るなり焼くなり首をはねるなり、好きにしていただいてかまいませんよ」

それは実の父親が言って良い言葉だろうか。息子に対し、あまりにも無慈悲な言葉だ。

それだけ息子の軽率な行動に、怒っているのだろうが。

「遅くに生まれ、亡き妻が最期に残してくれた子だからと、甘やかして育ててしまった私にも責がございます。誠に申し訳ございません」

だがそこに、情状酌量の余地となりそうな情報も入れ込んでくる老獪さは、流石(さすが)である。

「あの、顔をあげてください」

フロレンシアが声をかければ、マリクは青ざめた顔を上げた。

「私とエステルは、ちゃんと陛下の元に戻れましたし。もう良いんです」

当時、彼はまだ年若く無知であった。

そのことを考えれば、もう十分に報いを受けたように思う。

人間性をここまで変えるのは、きっと大変だったことだろう。

それにフロレンシアは、そのおかげで自らの手でエステルを育てることができた。

本来王族や貴族は子育てを乳母や子守、教育係に任せ、自らはあまり関わらないのが通例だ。

もし最初から王太子妃としてアルフォンソの側にいたら、きっと娘とここまで深く関わることはできなかっただろう。

もちろん母娘二人で生きることで、理不尽も不条理も山のようにあったが、それでも幼い娘の一番側にいることができた。

——それはフロレンシアにとって、他の何にも代え難い幸せだったのだ。

「それでは私の気がすみません」

「それはあなたの勝手でしょう」

一方的な贖罪（しょくざい）を押し付けられても困ってしまう。すると隣にいたエステルが、そんな彼に提案をした。

「じゃあ、私の友達になって。一緒に遊びましょ！」

そして、公爵子息マリクは、強制的にエステルと王宮の庭で球遊びをすることとなった。

薔薇の宮には女官しかおらず、こういった体を使う遊びはなかなかできなかったからだろう。

良い遊び相手を見つけたと、エステルは声を上げて笑いながらマリクと球を追いかけている。

フロレンシアとエステルの寛大さに感激し、大袈裟にも生涯の忠誠を誓ったマリクは、精一杯娘の遊び相手をしてくれている。

ありがたく思いつつ、フロレンシアは公爵とお茶を飲みながら、そんな二人を見守っていた。

娘はかつて世話になっていた孤児院で、よく男の子と混じって体を動かしながら遊んでいたので、ここにきてから、ずっと物足りなかったのだろう。

「よろしいのですか？」

同じテーブルにいるファリアス公爵から再度聞かれたが、フロレンシアは頷いた。

この先も王宮(ここ)で生きていくのならば、味方は多ければ多いほど良い。

「妃殿下と王女殿下のご厚情に感謝いたします」

やはり可愛い末息子なのだろう。フロレンシアの前であえて息子に対し、懲罰的な態度をとったのは、むしろ、同情を買うためだったのか。

やはりこの老人は、抜け目がない。相対する時は気を抜かないようにしなければ。

「あの、最近陛下はどうなさっておられますか？」

フロレンシアの問いに、ファリアス公爵は片眉を上げる。

このところ、アルフォンソは忙しく、朝早くから夜遅くまで公務が詰め込まれており、フロレンシアも全く顔を合わせられていない。

あれほどまでに毎日楽しみにしていた、エステルの寝かしつけにも、最近は参加できていなかった。

もちろん夫婦生活も、あれだけ拘(こだわ)っていたくせに、すでに十日以上ない。正直、寂しい。

「……陛下から何も聞いておられないのですか？」

ファリアス公爵から逆に問われ、フロレンシアは俯く。

アルフォンソはフロレンシアによく泣きつくものの、公務の具体的な話はしてくれない。

「ご存知の様に、私はあなたを最初から、アルフォンソ様に充てがうつもりでした」

あの船上でのアルフォンソとフロレンシアとの出会いは、偶然などではない。

この目の前の老人によって、仕組まれたものだ。

あの時身に纏っていたドレスも、どうやらアルフォンソの好みに合わせられていたらしい。

確かにアルフォンソは健全な青年らしく、肌の露出度の高いドレスを好む。

先日フロレンシアが彼を誘うために、恥を忍んで身に纏ったネグリジェのような。

公爵としては、フロレンシアを形式的に養女とし王妃とするか、妻とし愛妾とするか、状況に合わせて適宜、利用するつもりだったようだが。

「あなたが、陛下の初恋の女性によく似ておられたものですから。これは使えると思ったのです。次代の王には、他国の干渉を受けてほしくなかったので」

（初恋の人……？）

アルフォンソは出会った時から立派な大人だった。確かに恋の一つや二つしているのだろう。

だからきっとこんなふうに、心をもやもやとさせるのは、おこがましいことで。

「まあ、初恋と言っても、お気に入りの絵画の中の女性ですが」

「はい？」

くつくつと笑う公爵に、フロレンシアの笑顔が引き攣る。どうやら揶揄われていたようだ。

「仲のおよろしいことで。だからこそ陛下はあなたに嫌われたくないのでしょうね。あなたを王妃の義務や責務、周囲からの圧力、それら全てから遠ざけ、守ろうとしている」

「…………」

そのことには、薄々と気づいていた。病弱という設定上、フロレンシアには王妃としての公務が未だ与えられておらず、住まう薔薇の宮にいるのは、彼女に好意的な人物ばかりだ。

王妃となることに少なからず反発があるだろうと思いきや、フロレンシアとエステルはあっさりと王宮に受け入れられていた。それどころか、なにやら歓迎されている節さえある。

それはアルフォンソが前もって手を回し、フロレンシアとエステルを守っているからだろう。

――ただ、そばにいてくれればいい。彼のその言葉に、嘘はなかった。

「ですが、私はあなたに王妃に足るだけの教育を施しているはずです」

だから、ちゃんと働け、と暗に言っているのだろう。

かつてフロレンシアには朝から晩まで様々な教師が付き、学ばされていた。公爵家に嫁ぐには、こんなにやるべきことがあるのかと、うんざりしたものだが。

あれらは実は、未来の王妃となるための教育だったらしい。

「全てあなたの手のひらの上、ということですか」

アルフォンソが「クソジジイ」と呼んで憚(はばか)らない理由がわかった。この男は、自分の目的のためなら他人を利用することに、全く躊躇がないのだ。

「いえいえ、そのような事はございませんよ。あなたは実に私の予想外の動きをしてくれた」

「…………」

余計なことをした、としか聞こえないのは気のせいだろうか。

流石に腹に据えかねて、フロレンシアはとうとう笑顔を保つ努力をやめた。

「……ルードルフ」

するとフロレンシアの背後から、幼く、けれども妙に威圧感のある声が公爵を呼んだ。

知らぬ間に側に戻っていたエステルが、フロレンシアの腕に抱きついて、公爵を睨みつける。

「なぜお母様をいじめるの？　──『身分』はどうしたの？」

有無を言わせぬ、凛(りん)とした声。今日も娘の言葉は率直かつ辛辣である。

確かにたとえ養父であろうと、公爵であろうと、王妃であるフロレンシアの方が身分は上だ。

──わきまえろ、と。五歳の少女に公爵は嗜められているのだ。

ファリアス公爵は驚いたように目を見開いた。

「フロレンシア妃殿下、エステル殿下。父がとんだご無礼を。申し訳ございません」

何やら先ほどとは逆に、マリクが深く頭を下げ、父の無作法を詫びる。

「くっ……！　はははははっ！」

すると我に返ったファリアス公爵が声をあげて笑い、席から立ち上がるとエステルに跪いた。

「これはこれは大変失礼をいたしました。下僕の分際で申し訳ございません」

突然目線を合わせられ、怯えたエステルが後退(あとずさ)り、フロレンシアの後ろに隠れる。

ファリアス公爵はこれ以上ないと言うほどに上機嫌で、満面の笑顔だ。確かに少々母も怖い。

「エステル殿下！　やはり王になりましょう！　全てこの爺にお任せください！」

彼は一体何を請け負おうとしているのか。フロレンシアは一気に不安になった。

どうやら後にマリクに聞いたところによると、エステルは、かつてファリアス公爵家に降嫁した、ルードルフの祖母にあたる王女に、見た目も性格も良く似ているらしい。

ルードルフは祖母を崇拝しており、それもあって、娘はすっかり彼に気に入られてしまったようである。

まあ、味方は多いに越したことはないと、フロレンシアは思うことにした。

「……お母様は、ルードルフと何をお話ししていたの？」

その後、お茶会はお開きとなり、父親と同様すっかりエステルに魅入られてしまったマリクによって薔薇の宮へと送られている途中で、やはり心配だったのか、エステルが聞いてきた。

「お父様と最近会えないから心配、というお話をしていたのよ」

「うん。……お父様、最近来ないね。どうしているのかなあ……」

やはりエステルも、父に会えないことを淋しく思っていたのだろう。

何かを考えるような素振りをした後で、ぽんと一つ手を打って笑った。

「だったら、私たちから会いに行けばいいわ！」

そして弾き出された答えは、実に単純明快だった。子供とは素直な生き物である。だが、残念ながら大人には、素直になれない理由がある。

「お父様はお仕事がお忙しいのよ」

だから、邪魔をしてはいけないのだとフロレンシアは娘を諭す。フロレンシアはこれまで、自らアルフォンソに会いに行ったことはない。常に彼の訪れを待つ立場だった。

それは彼の負担になりたくなかったからだが、エステルには納得がいかないようだ。

「少し顔を見るくらいいいじゃない。お父様だって絶対に喜ぶわ」

父が自分たちを負担になど思うわけがないと、愛されている自信のあるエステルは言う。

「ねえ、マリク。お父様は今、どこにいるの？」

問われたマリクは胸元から懐中時計を出し、現時刻を確かめる。

「おそらく定例の議会が終わった頃合いかと。その後は執務室に戻られるはずです」

「じゃあ案内してくれる？」

「はっ！」

マリクはすっかりエステルの言いなりである。そして主従で意気揚々と、国王の元へ向かう。

（そうね。少し顔を見るくらいなら、大丈夫かしら……）

フロレンシアもまたアルフォンソのことが心配で、そして寂しかったのだ。うっかり娘の口車に乗って、二人を追いかけてしまうくらいに。

王宮の奥まった場所に、アルフォンソの執務室がある。

そこへと向かう道すがら、滅多に薔薇の宮から出てこない王妃と王女の珍しい姿に、周囲から驚きの視線を向けられる。

そんな二人の足を阻める者はおらず、あっさりと執務室にたどり着き、扉をノックしたが返事がない。

どうやら議会が長引いて、まだ戻ってきていないようだ。

しばらく待っていると、ざわざわと喧騒が近づいてきた。そしてアルフォンソが何人もの臣下を引き連れ、手にした書類を読みながらこちらへと向かって歩いてくる姿が、遠目に見えた。

やはりその顔が、随分と疲れている。目の下の隈も濃く、なんとも痛ましい。

エステルがそんな父に声をかけようと、口を開きかけた、その時。

「陛下！　どうか、どうかお考え直しください！」

若き政務官が、そんなアルフォンソを追いかけ、声を上げた。国王に対し不敬極まりないが、おそらく命を賭した訴えなのだろう。

「アルムニアからの要求をあのように撥ね付けては、いつ我が国が軍事侵攻されてもおかしくありません！　表向きは要求を受け入れ、時期を待つべきと……！」

「そのための六ヶ国連合だろうが。私はアルムニアに屈するつもりはない」

アルフォンソはにべもなく彼の訴えを退ける。普段とは全く異なる父の厳しい表情に、エステルが驚き、固まっている。

「ですが六ヶ国連合は未だ完全なる締結には至っておりません。だというのにそのような対決姿勢を明確に見せるべきではないかと。結論はもっと時間をかけ、慎重を期してから――」

「では聞くが、そのように先延ばしを続け、溜まりに溜まったツケを払うのは、一体誰だ？」

アルフォンソの声は、低く、そして怒りに満ちている。

「その頃にはアルムニアに搾取され、我が国には抵抗する力も残されていないであろうよ」

どう足掻こうが、媚を売ろうが、早かれ遅かれアルムニアがこの国自体を欲するのは明確だった。ならば早い段階で、一方的に搾取される関係を断ち切るべきだ。

アルフォンソの言葉に、若き政務官は押し黙り、唇を噛み締めた。

「まだ体力の残っているうちに、打てる手があるうちに、我らがやるしかないのだ」

アルフォンソはそう言い切って、ふと書類から顔をあげる。そして、目の前で呆然と立ちすくむ娘を見て、大きく目を見開いた。

「お、お父様、ごめんなさい……お仕事中、なのに」

エステルが震える声で父に詫びる。聡い子だ。普段とは違う父の厳しく冷たい雰囲気に、自分は踏み込んではいけない場所に踏み込んでしまったのだと、気付いたのだろう。

やはり止めるべきだった。フロレンシアも悔やむ。すぐにエステルを連れて帰らねば。

だがアルフォンソは手に持っていた書類を近くにいた政務官に渡し、その場にしゃがみ込む。

そして、エステルに向かって、その両手を広げた。

臣下たちが、わずかにどよめく。彼らは王が王女を冷たくあしらうとばかり思っていたのだ。

彼の意図に気付き、フロレンシアは固まったままのエステルの背を、そっと叩く。

すると弾かれた様にエステルは、父に向かって走り出し、その首にしっかりとしがみ付いた。

アルフォンソは娘を抱き上げると、自分と同じ色の目を、優しく覗き込む。

「ごめんなさい。エ……私、お父様に会えなくて、淋しくて……」

「……そうか。お父様も、エステルに会えなくて寂しかったよ」

確かにアルフォンソも寂しかったのだろう。娘に求められている幸せに若干目が潤んでいる。

堪えろ、堪えるんだ！　とフロレンシアは心の中で彼を励ます。幸い、潤んだ目は彼の後方にいる臣下の皆様には見えていない。なんとか今のうちにその涙を引っ込めてほしい。

臣下たちは、父としての国王の姿に愕然としていた。アルフォンソ王は子供に対しても冷徹であろうと思い込み、王宮に引き取られたばかりのエステル王女を、憐れんですらいたのだ。

だが、目の前の光景に、彼らは王が守ろうとしているものを、明確に知る。

そう、自分たちがここで踏みとどまって戦わねば、そのツケは次世代に残されるのだ。

――つまりは、この、小さな王女に。

しばらく父娘の抱擁を見守った後、フロレンシアはアルフォンソにその両腕を差し出す。

名残惜しそうにしながらも、アルフォンソはエステルをフロレンシアの腕に返した。

「……お父様。お仕事がんばってね」

「ああ、エステルのために、お父様は頑張るよ」

娘の激励に、アルフォンソは笑い、彼女の頭を優しく撫でると、その未来を請け負った。

そして、そんな心温まるこの国の王と王女のやりとりに、臣下たちの心も一つになる。

「お忙しいところ、お邪魔をいたしまして、申し訳ございません陛下」

「……いや、エステルと君の顔を見られてよかった」

フロレンシアは娘を抱いたまま腰を屈めて君主への礼を取り、廊下の端に寄って道を譲った。

そして必死に瞬きを繰り返し、涙を払ったアルフォンソが、執務室へ向かって歩き出す。

「――陛下。申し訳ございませんでした。……我らがここで、頑張らねばならぬのですね」

すると先ほどの若き政務官が、アルフォンソに向かって深く詫びた。

王ならば、長期的な視点で物事を考え、動かさねばならない。

アルフォンソは彼を一瞥すると、そのまま何も言わず、扉を開け、執務室の中へと消えた。

「――それでは、あとはお願いね」

「ええ、お任せください」

人見知りでありながら公爵と面会し、下僕となったマリクと走り回り、最後に父の前で緊張を強いられたエステルは、寝台に入るとすぐに眠ってしまった。もう朝まで起きないだろう。

フロレンシアは後のことを子守に任せ、夫の私室へと向かう。

自ら進んで彼の部屋に行くのは、これが初めてだ。そう考えると不思議と緊張してくる。

だが、娘の『会いに行けばいい』という言葉は真理だ。待っているだけでは、足りない。

勇気を出して部屋の扉を叩くと、「誰だ?」という、冷たく素っ気ない声がした。

「……私よ」

するとガタン! と何やら大きな音がして、すぐに勢い良く扉が開かれる。

「ふ、フロレンシア? いきなりどうしたんだ? 何かあったのか?」

よほど慌てたのだろう。彼の背後では、執務机の椅子が盛大にひっくり返っていた。

その机の上には書類が山のように積まれている。やはり私室でも仕事をしているようだ。

「お話が、したくて。……でも、忙しいならもちろん出直すわ」

「だ、大丈夫だ! こうして君が会いに来てくれたのに、そんな勿体無い真似ができるか!」

そして、フロレンシアを中に誘ってくれる。そんな彼の顔色は、やはりあまり良くない。

「……本当に、大丈夫なの?」

手を伸ばし、その頬に触れる。すると彼の顔が赤くなって、少し血色が良くなった。

アルフォンソは倒れた椅子を直し、その上に腰掛ける。そして自らの膝にフロレンシアを乗せて、背後から抱きしめた。

娘によくしてやるその体勢を、大の大人がするのは何やら恥ずかしいが、彼の膝の座り心地の良さに、フロレンシアは全く動く気になれない。

娘が一度膝の上に乗ると、なかなか下りてくれなくなる理由が、良く分かった。

「今、ある計画が大詰めで……。なかなか会いにいけなくて、すまない」

「それは、六カ国連合のこと？」

「……ああ。聞いていたのか」

アルフォンソは小さく嘆息して、現在の情勢を簡潔にフロレンシアに話し始めた。

やはりアルムニア王国からの圧力が、日ごとに増していること。それは、エルサリデだけではなく、周辺諸国に対してもまた同じだということ。

アルムニア王国はおそらく、この大陸の全てを手に入れるつもりなのだ。

アルフォンソはそれに抵抗するため、かつてアルムニア帝国を滅ぼした時のように、周辺六ヶ国の結束を固め、連合を作り、対アルムニアの体制を作るべきと訴えた。

「近く、カルド王国の使者が来る。これで五カ国全てと調印を終えることができる」

アルフォンソが主幹となって他の五カ国に声をかけ、各国との話し合いを重ね、条件を擦り合わせ、ようやくそこまで辿り着いたのだ。

素晴らしい偉業だ。うまくいけば、アルムニアは周辺国に気安く手を出せなくなる。

だが、上を向いて覗き込んだアルフォンソの目にあるのは、怯えだった。

フロレンシアは彼の膝の上で体を反転させ、向かい合わせの体勢になると、両手で彼の頬を包み込む。すると、アルフォンソはまた喋りだした。

「……もし、この連合さえもアルムニアに対する抑止力とならず、全面戦争となったら」

アルムニア王国対六カ国連合の戦争となったのなら、力が拮抗しているが故に、属国にされた場合を遥かに超える被害が、出ることになるだろう。

――そして、もしその戦争に負けてしまったら。

「私は国を滅ぼした稀代の暗君として、歴史にその名を残すことになるだろうな」

アルフォンソの体が、小さく震えている。

本当は優しくて弱いこの人が、背負わされているものの重さを思い、苦しくなったフロレンシアは、彼を抱きしめてその背を撫でた。

「だが、安心してくれ。君とエステルの身の安全は、しっかりと確保してある。あのクソジジイにも約束させた。――だからどうなっても、死ぬのは私一人だ」

「そんな……」

フロレンシアは唇を噛み締める。どれほど彼と共にありたくとも、母として、エステルだけは絶対に守らなければならない。

よって、もしもの時は、彼を一人で死なせてしまうこともあるのだろう。

「……あなたは間違っていない。できる最善を尽くしているわ」

だから、今、この人のために、自分にできることは、何か。

「私だけは、最後まで絶対に、あなたを肯定してあげる」

フロレンシアの言葉に、アルフォンソの身体が、大きく震える。

アルフォンソは、まさに命を削って、この国を守るために戦っているのだ。

だから、たとえいつか、暗君だと誰もがアルフォンソを糾弾したとしても。

――自分(フロレンシア)だけは、彼の味方でいようと、誓った。

「それにあなたが暗君なら、きっと私は、王を唆(そそのか)して国を滅ぼした、稀代の悪女ね」

民衆は、そういう話が大好きだ。なんせ公爵家の養女とはいえ、フロレンシアは突然現れた身元不明の王妃なのだ。きっと、あれこれと面白おかしく噂してくれることだろう。

そんな話をしたら、アルフォンソの顔が歪んだ。

自分が貶められることは耐えられても、妻(フロレンシア)を貶められることには耐えられないのだろう。

――本当に、優しい人だ。

だからこそ、フロレンシアはその耳元で、一つ提案をする。

「――ねえ、アル。ダメだったら。その時は一緒に逃げましょうよ」

頑張って、できるだけのことをして。それでもダメならいっそのこと、王という地位から逃げてしまえばいい。

それでなくとも元々優しすぎる彼が、背負い切れないものを背負わされているのだから。

かつて、海の上で彼に伝えた言葉を、フロレンシアは繰り返した。

――夫と娘を連れて、逃げてしまうのだ。誰の手も届かない、遠い遠いところまで。

「そうね、たとえばファリアス公爵を脅して、あの島に戻るのはどう？　小さな島の小さな家で、漁師の夫とお針子の妻として、可愛い娘と一緒に、日々を丁寧に幸せに暮らすの」

高い空、青い海、生ぬるい風。今でも懐かしく愛おしい、フロレンシアの楽園。

自らの重責に怯えながら泣く夫の背中を優しく撫でながら、フロレンシアは甘く囁き誘う。

王妃としての地位も、贅沢で優雅な生活も、元々フロレンシアには必要ないものだ。

「――――私は、それで十分幸せだもの」

アルフォンソはフロレンシアを強く抱きしめ、小さく頷くと、また嗚咽を漏らした。

しばらくそのまま二人で抱き合って、アルフォンソが泣き止むのを待っていると、フロレンシアはお尻の下に、違和感を感じた。

「…………アル」

それが何かを察し、フロレンシアは思わず身じろぎして、生ぬるい笑みを浮かべてしまう。

その生理現象に気付かれたアルフォンソが、慌てて言い募る。

「し、仕方がないと思わないか。なんせ君に触れるのは久しぶりだし、なんだかいい匂いがするし、私は君のことが大好きだし！」

まるで子供のような拙い言い訳を必死でするアルフォンソに、フロレンシアはとうとう吹き出して、声をあげて笑ってしまった。

「そ、そんなに笑わなくたっていいじゃないか」

くすくすと笑い続けるフロレンシアの唇に、いじけたアルフォンソが強引に唇を重ねる。

「ふうんっ……！　んんっ」

食い付かれるように、激しく深く口付けられ、唇を舌で割り開かれ、思わず喉奥で縮こまってしまったフロレンシアの舌が、絡め取られ、吸い上げられる。

必死に応えているうちに、アルフォンソの手がそっとネグリジェの裾に忍び込んでくる。

手はふくらはぎから辿るように太ももをいやらしく撫で上げ、やがて臀部に到達すると、フロレンシアの小さく張りのある双丘をやわやわと揉む。

「んっ、んん」

口付けの合間にくぐもった声が漏れる。次第に力が抜けて、フロレンシアはアルフォンソにもたれかかってしまった。

「少し腰を浮かせて。君に触りたい」

「で、でも、アル。仕事は……？」

「妻を愛でるための多少の息抜きくらい、許されるさ」

「そんなに疲れているのに……」

「大丈夫。むしろ男は疲れている時にこそ本領を発揮するものだから。任せてくれ」

確かに彼のそこは、今までになく熱く大きく硬くなっている気がしないでもない。――だが。

「ひあっ……！」

さらに制止の言葉を吐こうとすると、薄いネグリジェの生地の上から、胸の頂きを食まれ、フロレンシアは思わず小さな声を漏らし、腰を浮かせてしまった。

その隙に、アルフォンソの手がフロレンシアの脚の隙間に入り込み、ドロワーズを引き摺り下ろすと、すでに興奮してふっくらと開き始めた彼女の割れ目に、指を這わせる。

すると、すでにこぼれ落ちそうなほどに溢れている蜜が、卑猥な水音を立てた。

「すごく、濡れてる」

「やっ……ごめんなさい……。だって、久しぶりで……」

恥ずかしくて、思わず目を伏せる。娘と二人で生きてきて、これまで忘れていた欲が、彼と再会してから、すぐに湧き上がるようになってしまった。

「求められているようで、むしろすごく嬉しいよ」

だが、アルフォンソは蕩けるように甘く微笑むと、わざと水音を立てるように指を動かし、刺激を求めるように硬く勃ち上がった小さな神経の塊を、強めに捏ねた。

「やああっ！　あ、あああっ！」

アルフォンソの首に縋りつき、フロレンシアは彼がくれる快楽に、背筋を大きく逸らし、ビクビクと体を跳ねさせる。執拗な愛撫に、あっという間に体が高まっていく。

そして、わずかな刺激でも達しそうなほどに追い詰められると、アルフォンソは彼女の体を、力強い腕で持ち上げる。

それから自分の下履きの前をくつろげ、自らの猛りの上に、フロレンシアをそのままゆっくりと下ろした。

「あっああ――――っ！」

ずぶずぶと中に入り込む熱と質量に、フロレンシアは一気に高みに上る。

「くっ……」

きゅうきゅうと喜ぶようにフロレンシアの中が彼を締め付け、アルフォンソが堪えるような切なげなため息を漏らした。

（――ああ、神様。どうかこの人をお守りください）

自分の背負えるもの以上のものを背負わされ、必死に戦っている。弱くて優しいこの人を。

ぎしぎしと耳障りな音を立てる椅子の上で揺さぶられながら、フロレンシアは祈った。

それから五日後、カルド王国の使者団が来訪した。

想定以上の大所帯に、王宮は蜂の巣をつついたような大騒ぎとなったが、なんとか予定通り条約の調印が行われ、無事正式に六カ国連合は成った。

今後は結ばれた条約の元、六カ国の協力体制でアルムニア王国に対処していくこととなる。

大仕事を終え、やはり安堵したのだろう。これまでフロレンシアの前以外では滅多に笑わなかったアルフォンソが、珍しく公の場で、その表情を緩めていた。

王妃として、王女である娘とともにその場に立ち会いながら、フロレンシアの胸もまた誇らしさでいっぱいになった。

――彼は、成し遂げたのだ。


「お父様、すごい……！」

エルテルが、そんなアルフォンソを見つめ、目をキラキラと輝かせた。

いつもは泣き虫の情けない父だが、働いているときはとても凛々（りり）しい。

「そうでしょう？　お父様は格好良い時は格好良いのよ」

嬉しくなってフロレンシアが夫を自慢すれば、エステルも頷く。

「私、お父様みたいになりたい！」

そして、娘がまさかの女王陛下志望である。フロレンシアは少々動揺しつつも、案外彼女には向いているかもしれないと思い直す。

この国では長い歴史の中で、未だ女王が即位したことはない。王女にも一応王位継承権はあるが、基本的に男児が優先である。

そんな中で女王となれば、反発も大きいだろう。おそらく、普通に生きていればする必要のない、多大な苦労をすることになる。母として、娘に苦労をかけたくない気持ちは大きい。

だが、泣き虫な王様だっているのだから、女の子が王様になったっていいのだろう。

今日はフロレンシアとエステルの公務デビューの日でもあったが、好奇の目線の中でも、エステルは臆することなく、堂々としていた。

これまで王女の存在を疑っていた者たちも、アルフォンソに非常によく似たエステルを見て、納得せざるを得ないようだ。

無事に式典を終えれば、夜はカルド王国の使者の歓迎と条約締結を祝う祝賀会が行われることになっていた。

「一人で眠れるから大丈夫よ。だって私はもうすぐ六歳だもの」

祝賀会までのわずかな隙間時間に抜け出して、娘を寝かしつけにいけば、これまで断固として独り寝を拒否していた娘が、自慢げにそう言った。

「お母様は大事なお仕事があるんでしょう？」

「でも、本当に大丈夫なの？」

「大丈夫よ！　アラナもいるもの。今日はお父様についていってあげて。お父様の大切な日なんでしょ」

その隣にいるエステルの子守の女性、アラナも力強く頷いてくれる。フロレンシアが王族らしからぬ子育てをしていても、受け入れてくれる大らかで優しい女性だ。

幼くとも父が追い詰められていることを感じていたのだろう。小さな娘にまで気を使わせてしまうことに申し訳ない気持ちになりながら、フロレンシアはその額に口付けを落とす。

「明日の夜は、必ずエステルと過ごすわ。ありがとう」

「いってらっしゃい、お母様」

フロレンシアはもう一度娘を強く抱きしめると、女官たちに手伝ってもらい身形を整え、まもなく祝賀会が始まる大広間へと向かった。

その背後にはお付きの女官たちと、今は主にフロレンシアとエステルの護衛をしてくれているマリクが続く。

アルフォンソは多少嫌そうな顔をしつつも、彼は軍人としてはそれなりに優秀であるからと、王妃王女付きになりたいという、彼の希望を受け入れた。

あの一件以降、マリクはフロレンシアとエステルをまるで女神のように崇め、忠実に仕えており、危険はないとアルフォンソは判断したらしい。

きっと元々思い込みが強く、一途な性質なのだろうと思う。味方が増えるのは良いことだ。

まもなく祝賀会が始まるようだ。人々の談笑をする声が聞こえてくる。

フロレンシアは背筋を伸ばし、気合いを入れた。アルフォンソの王妃として、彼に恥をかかせないようにしなければ。

女官たちの日々の必死の手入れにより、日に焼けて藁のようにぱさついていた薄金色の髪はかつての艶を取り戻し、鼻の頭に散っていたそばかすも随分と色味が薄くなった。今では薄く化粧をするだけで見えなくなるほどだ。

そして今日のためにアルフォンソから贈られた細身のドレスは、様々な宝石が散りばめられ、銀糸で精緻な刺繍が施された豪奢なものだ。

フロレンシアの姿を見た者たちは、その美しさに一様に感嘆のため息を吐く。

妖精の如き美貌の王妃として、フロレンシアは認識されていた。

大広間に入れば、天井にある巨大なシャンデリアからの光で、眩いほどに明るい。

瓦斯(ガス)を使用したその技術に、招かれたガルド王国の使者も驚いているようだ。

そして、麗しき王妃の入場に、周囲がざわめき、人波が割れる。

病弱という設定になっているため、相変わらず公式の場にはほとんど出ていない。

これから、設定が破綻しないように、少しずつ公務の量を増やそうとしているところだ。

フロレンシアはあたりを見渡した。そこに懐かしい兄の姿を見つけ、目を見開く。

兄はかつての気の弱さを感じさせない、立派な大人の男性になっていた。隣にいるおっとりとした雰囲気の女性は、おそらくは兄の妻、伯爵夫人だろう。

どうやら感情的(ヒステリック)だった母とは逆の性質の女性を選んだらしい。

久しぶりに見た妹の姿に、彼はこれ以上なく嬉しそうに、幸せそうに目を細めた。フロレンシアも微笑み返す。

彼へと出した無事を知らせる手紙のおかげで、フロレンシアは今、ここにいる。

女官たちに囲まれながら、ゆっくりと会場を歩く。王妃という高い地位にあるが故に、フロレンシアに自ら話しかける人間はいない。皆、話しかけられるのを待つだけだ。

遠くにいる夫は、どうやらガルド王国の使者と話をしているようだ。

やはり自分も挨拶をしたほうがいいだろうと、そちらへと向かおうとし、もう一度周囲を見渡した、その時。

採光と換気用に多めに取られた窓の外から、ふと、何かが見えた。

すでに陽は落ちて、大広間の窓の外は真っ暗だ。故に、フロレンシアの暗闇に聡い目だけが、その何かを捕らえた。

フロレンシアは気になるものは、じっくりと観察する性質だ。一体なんだろうと目を眇める。

どうやら月光に照らされているそれは、金属製の筒のような形をしている。

隣の窓からも、同じものがのぞいている。それらをどこかで見たことがある気がする。

そうだ。かつて父の書斎に立てかけられていた――。

（――銃）

それを認識した瞬間。フロレンシアの全身から、血の気が引いた。

（一体なぜ……。徹底した警備が行われていたはず……）

その銃身の長さから、おそらくは遠距離用の銃だ。そして誰を狙っているかも明確だ。

だがここでフロレンシアが騒げば、一斉に発砲されてしまう恐れがある。

アルムニア王国は、軍事国家だ。軍が反乱を起こし、アルムニア帝国を斃した。

その際、当時のアルムニア皇帝、及びその親族は皆殺しにされたという。

つまり彼らは、目的のためなら手段を選ばない。

かつて、アルフォンソ一人を暗殺するために、多くの犠牲が出ることを知りながら、巨大な蒸気船を海に沈めたように。他の客を巻き込むことなど、躊躇わないだろう。

一丁や二丁どころではない。多数の銃口が、アルフォンソに向けられている。

(考えろ、考えろ、考えろ、考えろ、考えろ……!)

心臓が冷えているのに、バクバクと嫌な音を立てる。きっと暗殺者たちは、最適な頃合いを図っているはずだ。

アルフォンソを暗殺するために、もっとも確実で、劇的な、その瞬間を。

「──マリク。ちょっといいかしら」

「はっ。なんなりと」

フロレンシアは平然を装い、背後にいる忠実な護衛を呼ぶ。そして、顔をほほ笑みの形にしたままで、彼にとある命令をする。

「……お願いよ……」

「──はい。王妃殿下の仰せのままに」

とんでもないその命令を、フロレンシアを盲信するマリクは躊躇うことなく引き受けて、静かにその側を離れる。フロレンシアは、必死に震える足を進める。

——真っ直ぐに、夫の元へと向かって。

どうやら今から祝賀会が始まるらしい。人々が大広間の壇上へ視線を向ける。

アルフォンソが式辞（スピーチ）のために壇上を目指し、歩き出していた。狙われるとしたら、間違いなくそこだ。

（お願い！　間に合って……！）

恐怖で、目に涙の膜が張るのを、瞬きで散らす。今は自分のこの目だけが、頼りだ。

（漁師の妻になりたいけれど、未亡人にはなりたくないのよ……！）

かつて確かにその立場を望んだはずなのに。今は、絶対になりたくないと思う。

どこだって構わない。アルフォンソとこの生涯を、最期まで共に過ごしたいのだ。

——こんなにも早く、死なれてたまるか。

そしてその時。大広間のシャンデリアの光が、一気に落とされた。

『マリク。私が全責任を取るわ。今すぐシャンデリアへの瓦斯（ガス）の供給を止めてちょうだい』

どうやら、忠実なる護衛は、そんな彼女の命令を正しく履行してくれたようだ。

それを見計らって、フロレンシアはヒールの高い靴を脱ぎ捨てると、裸足（はだし）で走り始める。

真っ直ぐに、フロレンシアだけに見える、愛しい夫の元へ。

『陛下が命を狙われているのよ。大広間の外に銃を構えた暗殺者が何人もいる』

下手に刺激してこの国の支配層の人間が集められたこの場所に向けて、銃を乱射されれば、被害も混乱も甚大なものになる。

――――だが、暗闇の中ならば、そう簡単に、的は射れまい。

『シャンデリアの灯りを落としたのちに、すぐに警備の兵を外に回して暗殺者を捕らえなさい。すべて王妃からの命令と言って構わない』

「皆、床に身を屈めて……！　頭を庇いなさい！」

ただ一人この大広間の中、全てが見えているフロレンシアは、少しでも被害を減らそうと、必死に叫ぶ。

そして、アルフォンソを守るべく、彼の元へとひた走った。


――――その時、世界が突然ふつりと暗闇に呑まれた。

式辞を間違えぬようにと、必死に頭の中で誦じていたアルフォンソは、驚き身を竦ませる。

混乱からか、大広間の中に悲鳴と怒号が響き渡る。かつての、あの船の中のように。

（一体、何があった……!?）

その時、妻の声が聞こえた。普段淡々と話す彼女からは想像もつかない、悲鳴のような声だ。

(フロレンシア……⁉)

一体何があったのか、と。そう声を出そうとした瞬間に。

柔らかく温かなものが、勢いよく飛びついてきて、彼を床に押し倒した。

目が見えないからか、いつもより敏感に感じる嗅覚が、匂いでその正体を教えてくれる。

そして、いくつかの銃声が響き渡った。さらに悲鳴が上がる。

だが、アルフォンソには、不思議と恐怖がなかった。だって、腕の中には妻がいる。


――いつだって暗闇の中、手を引いてくれる。アルフォンソの女神。


「王妃殿下！　賊は全て捕らえました……！」

しばらくして公爵家の末息子の、怒鳴るような報告が聞こえた。

すると、ぱたぱたと、アルフォンソの頬に落ちる、温かな雫(しずく)。――これは、一体なんだろう。

やがてシャンデリアに再度瓦斯が供給され、大広間に光が戻る。

眩しさの中に浮かび上がるのは、顔を歪ませ滂沱の涙を流す、妻。

アルフォンソは目を見開く。彼女がこんなふうに泣く姿を、初めて見た。

「アル……アル……！　ああ、無事で、よかった……！」

体を震わせ、フロレンシアは泣き続ける。そう、泣いているのだ。

──自分が、生きていることを喜んで。

アルフォンソの中に、激しい感情が渦巻く。彼女が、愛おしくてたまらない。

「愛してる……、愛しているの……」

アルフォンソを失うかもしれない恐怖から解放されたからか。フロレンシアが素直に言葉を紡いでいる。

憎からず思ってくれていることは、知っていた。

だが、妻からその言葉をもらったのは、初めてだった。

アルフォンソは身を起こすと腕を伸ばし、万感の思いでフロレンシアを強く強く抱きしめる。

「お願い……。私を未亡人になんて、しないで……」

どうやら妻の将来の夢は、未亡人ではなくなったらしい。そして。

──泣いている妻に、慰めている夫。

なにやらいつもと立場が入れ替わっていることに気付き、アルフォンソは、ふと笑いが込み上げてきた。

(これは、絶対に死ねないな……)

そんなことを、思う。──妻と娘のために、生きなければ。

周囲の人々が、愕然とした様子でそんな国王夫妻を見つめる。

どこか無機質めいた美貌のフロレンシア王妃が、表情を歪ませて泣きじゃくり、普段、常に仏頂面をしているアルフォンソ王が、蕩けるような顔で幸せそうに笑い、しがみついて泣く王妃を優しく抱きしめて慰めている。

これまであまり信憑性がないように思われていたが、ファリアス公爵が吹聴(ふいちょう)しているように、確かに彼らは大恋愛の末、結ばれた夫婦であると、皆が認識する。

その後、ようやく周囲からの温い視線に気づいたアルフォンソ王が慌てて立ち上がり、恥ずかしそうにほんの少し顔を赤らめながらも、いつものように的確な命令で、冷静に事態の収拾に当たる。

だがその右腕には、麗しい王妃の腰を、しっかりと抱えたままで。

——冷徹なる王の、そんな人間らしい姿が微笑ましい。

そしてこの事件より以後、国民の国王と王妃の印象は、一新されることになるのだった。

エピローグ　今、ここにある楽園

アルフォンソとフロレンシアが謁見の間に入ると、恐縮のあまり一人の老女が床に頭をこすりつけ、体を縮こまらせていた。

「……マリク。貴方、彼女に何と伝えたの？」

迎えに行かせた張本人に聞いてみれば、彼は素直に答える。

「偉大なる我がエルサリデ王国国王陛下、並びに麗しき王妃殿下が貴方をお呼びだと」

フロレンシアは頭を抱えた。それは多分間違ってはいない。間違ってはいないのだが。

「………他に言い方はなかったの？」

相変わらず融通の利かない男である。そんなことをゴテゴテと言われたら、一般の方は恐縮し、泡を吹いてしまうだろう。

だが、その声に聞き覚えがあったからか。老女は恐る恐る顔をあげる。

お人好し（ひとよし）そうな顔。最後に会ったのは七年前だから、やはり随分と老け込んでしまったが。

「エリッサ……！」

彼女は間違いなく、かつて、あの島で二人を助けてくれた、命の恩人だった。

フロレンシアとアルフォンソは、その懐かしい姿に、思わず彼女に抱きついた。

この国の国王と王妃に抱き付かれ、エリッサは目を白黒させている。

「フロレンシア、アルフォンソ……？　あんたたちこんなところで何やってんだい⁉　え？　国王？　王妃？　一体何の話を……」

慌てふためく彼女に大変申し訳ないと思いつつ、懐かしい相変わらずの口調に、フロレンシアは笑って泣き、アルフォンソは人目があるからと、必死に涙を堪えた。

――かつてフロレンシアが母のように慕った、優しい人。

ずっと、エリッサに直接会って礼をしたいと思っていたのだ。彼女が存命のうちに。

だが国王夫妻が王宮を離れ、ファリアス公爵領にある、あの小さな島まで彼女に会いに行くことは、やはり難しかった。

「初めまして。おばあさま」

するとそこに、娘のエステルがやってくる。これまたアルフォンソそっくりな彼女に、すぐに二人の子供だと気付いたエリッサは、涙を流して喜んでくれた。

あのアルフォンソの暗殺未遂事件から二ヶ月が経って。この度めでたくエステルが、この王宮で六歳の誕生日を迎えた。

情勢も落ち着きを見せていることから、その祝いにエリッサにも参加してもらおうと、アルフォンソが彼女を、あの島から呼び寄せてくれたのだ。

いつものようにエステルがマリクと遊んでいる間に、フロレンシアとアルフォンソで、エリッサを囲んでお茶をしながら、これまでの長い長い話をした。

お人好しな彼女は、やはり二人を憐んで「そりゃ大変だったねえ」と言って泣いてくれた。

「そんで、今はもう大丈夫なのかい？」

二ヶ月前に命を狙われた、という話を聞いて、エリッサが心配そうに聞いてくる。

あの日、アルフォンソを狙撃しようとした暗殺者たちは、今回同盟を結んだガルト王国の使者の一団の中に紛れて来た者たちだった。

使者本人は連合推進派だったが、かの国も一枚岩ではなく、戦争となるくらいなら、属国化を受け入れるべき、という考え方も根強かったようだ。

その一派がアルムニアに唆され、アルフォンソ暗殺を企んだ。

王宮に入る人間は徹底的に身元検査をされるが、使者を含む、外国人まではその身元を調べ切ることはできない。そこに、隙があった。

フロレンシアの機転により、若干の怪我人は出たものの、幸いなことにあの場において、死者は出なかった。

そして、その騒ぎに応じて幽閉されている第二王子が、アルムニアの手の者によって王宮から連れ出されそうになっているところを警備兵が見つけ、捕らえた。

彼はアルムニアに逃れ、彼の国の後ろ盾を持って、自分こそがエルサリデ王国の正当な王であると主張し、戦争の理由に利用される予定だったようだ。

だがそれは未然に防がれ、無事に六カ国連合は成った。

この事件は、アルムニアが六カ国連合を脅威に感じている証拠でもあると、アルフォンソは考えている。

そして第二王子は、王都からもアルムニアからも遠く離れた土地にある、半ば忘れられた離宮へと送られ、生涯幽閉されることとなった。もう二度と、彼が王宮に戻ることはないだろう。

「王族ってのは、何とも業の深いものだねぇ」

実の兄弟による骨肉の争いの結末に、エリッサはそう言って痛ましげに顔を歪めた。

「……無理はしなさんな。王様業が辛くなったら、いつでもあの島に帰ってくりゃいいさ」

彼女の労りの言葉に、まるで二人に故郷ができたようで、フロレンシアとアルフォンソは顔を見合わせて笑った。

陰鬱な雰囲気を拭わんと、その日、エステルの誕生日を祝う祝宴が、盛大に行われた。

六歳になったエステルは、アルフォンソの娘への重い、もとい深い愛情を伺わせる、数え切れないほどの真珠を縫い付けられた豪奢なドレスに身を纏い、正当な王女であることを示すティアラを髪に飾って、しっかりと招待客に挨拶をしていた。

我が国の王女の聡明(そうめい)さと愛らしさに、皆が誇らしげな顔をしている。

もちろんフロレンシアも誇らしく思う。

王宮に来てから、娘は心身ともに目覚ましい成長を遂げた。短い期間で、王女としての自覚もしっかりと持つようになった。どうやら国民からの人気も高いようだ。

（本当に、女王陛下になってしまうかもしれないわね……）

それが茨（いばら）の道でも、彼女が自らその道を選ぶのであれば、母としてできることをするだけだ。

エステルと歳の近い男の子を連れた貴族が多いのは、あわよくばを狙っているのか。

彼らを査定するような、アルフォンソとマリクの目が非常に怖い。困った男たちである。

娘の夫になる人は大変そうだ。フロレンシアは思わず笑ってしまった。


エルサリデ王国第十五代国王、アルフォンソはその在位中において、六カ国連合を立ち上げ、大国であるアルムニア王国と対等に渡り合い、エルサリデ王国の主権を守り抜いた。

自国を脅かす相手には、どんな相手であっても、常に毅然（きぜん）とした対応をとったという。

やがてアルムニア王国は弱体化し、その後、民族ごとにいくつもの国に別れることとなる。

そんなアルフォンソ王は非常に厳格な性格で、彼の治世において、不正を働いていた多くの貴族がその罪を暴かれ、訴追、断罪された。

冷徹王と称され、表情一つ変えずに裁断を下す彼を、臣下たちは常に恐れていたという。

だがその一方で、アルフォンソ王は愛妻家であり、子煩悩でもあったとも伝えられる。

生涯においてただ一人、病弱な王妃だけを愛し、王妃との間に生まれた娘である、後のエステル女王と、その妹であるローラ王女を、目に入れても痛くないほどに可愛がり、慈しんだ。

彼の後を継ぎ、エルサリデ王国の歴史上、初の女王となり長き安定した治世を施したエステル女王は、晩年に笑い話として、父である偉大なるアルフォンソ王について「臆病で泣き虫な人だった」と語ったと伝えられる。

——だが、それを信じる者は、誰もいなかったという。


今日も、娘を寝かしつける時間になると、フロレンシアの部屋の扉は叩かれる。

「——フロレンシア。私だ」

不機嫌そうに眉間に皺を寄せたアルフォンソが、正装のままで、部屋に入ってくる。

娘の誕生日を祝う祝宴はとっくに終わったというのに、これを機に王都へ来た地方の領主たちがアルフォンソとの謁見を求めたため、彼はこんな時間までずっと仕事だったらしい。

いつものように女官たちを下がらせ、彼女たちの足音が遠のくと、眉間の皺が一気に緩む。

「フロレンシアァァ……疲れたよぉぉ……」

そして呻くとフロレンシアに縋るように抱き付き、その首にぐりぐりと顔を押し付ける。

隣にいるエステルは、また始まった、と呆れた顔をしている。

娘よ。お父様はお外では頑張っているので、どうか大目に見てあげてほしい。

「あらまあ、大変だったわね」

フロレンシアは彼のサラサラの黒髪を撫でながら、慰めてやる。今日も夫は可愛い。

「あいつら好き勝手言うんだ……。こっちにだって都合と予算があるってのに」

「ほらほら、泣かないの。よく頑張ったわね。今日はもうゆっくりしましょう」

アルフォンソは一頻り愚痴ってすっきりしたのか、今度は娘に向き直ると、「お姫様、誕生日おめでとう！」と言って彼女を高く抱き上げてクルクルと回った。娘はきゃあきゃあと楽しそうに声をあげる。

初めて家族で迎えられた娘の誕生日が、よほど嬉しいのだろう。

興奮して寝付けなくなるからほどほどにしてほしい、と思いつつ、二人とも楽しそうなので今日くらいはいいかと、フロレンシアは笑って見守る。

そしてフロレンシアが長椅子に腰を下ろすと、娘と夫はその両側をいそいそと埋める。

そう、フロレンシアは今日、二人に伝えたいことがあったのだ。

「さて、お母様は今日、二人に伝えたいことがあります」

フロレンシアの真剣な顔に、二人は目を見開き、神妙そうな顔をして姿勢を正す。

思わず吹き出してしまいそうになるのを、フロレンシアは必死に堪える。

「実はこのところずっと体調が悪くて……お医者様に診てもらったの」

アルフォンソの顔から血の気が引いた。エステルもフロレンシアにしがみつき心配そうな顔で母を見上げる。そんなふうに、大切に想われていることが、嬉しい。

「――なんと。エステルは、春に姉様になります」

父娘の目が揃って真ん丸になった。とうとうフロレンシアは堪えきれなくなって吹き出した。

「え？　え？　本当に……!?　やった！　やったな……！」

「私、お姉様になるの？　本当に？　すごい！」

興奮して目を潤ませながら抱きついて喜ぶ二人に、フロレンシアの目からも涙が溢れだす。

――かつて、たった一人で迎えたその時を思い出す。

自分以外、新たな命を誰も喜んでくれなかった切なさを。

だからこそ、家族が増えることを、こうして喜べる幸せを噛み締める。

――遠く離れた楽園は、いま、確かに此処にある。

早速あれこれと名前を考えだした父と娘を見つめながら、フロレンシアは満たされた思いで、まだ薄いその腹を、そっと撫でた。

あとがき

初めまして、こんにちは。クレインと申します。

この度は拙作『冷徹王は秘密の花嫁と娘を取り戻したい　遠き楽園の蜜愛の証』をお手にとっていただき、誠にありがとうございます。

今作は臆病で泣き虫な王様と、クールでしっかり者のお妃様と、おしゃまで意外と野心的なお姫様の家族のお話です。

今回シークレットベビーものを、というご依頼をいただきまして、物語を頭の中で捏ね繰り回しているうちに、ベビーをシークレットにするには、まずヒーローがヒロインにあんなことやこんなことをした上で、何かしらの理由を持ってヒロインをポイ捨てしなければならない、という、いと高き壁があることに気付き、頭を抱えました。

これはどう考えても誰もが『仕方がない』と思える様な、しっかりした理由を作らねば、書いている私自身もヒーローを許せぬと思いまして。

そして、それはもう生命の危機的状況か国家転覆の危機くらいしかないだろうと考え、豪華客船を沈め、主人公二人を海の上で漂流させ、国家危機を起こすことにしました。

自分でも何を言っているのか良くわかりませんが、こうしてこのお話は出来上がりました。

きっと担当様も、どう着地するんだこれ、と気が気ではなかっただろうなと思います。毎度申し訳ございません。何とか着地しました。

私も乙女系ってなんでしたっけね……？　と思いながら書いておりました。通常運転です。

さて、最後にこの作品にご尽力いただきました方々へのお礼を述べさせてください。

格好良いアルフォンソとクール美女なフロレンシア、そして美幼女エステルを描いて下さったすがはらりゅう先生。ありがとうございます！　あまりの美しさに奇声を上げました！

担当編集様、この作品に携わって下さった皆様、いつもありがとうございます。皆様のおかげでこうして無事形になりました。

私が原稿にかかりきりの時、いつも子供たちを見ていてくれる夫、ありがとう！

「うちの娘、女優の○○に似てない？」と聞かれるたびに、性別以外に共通点を見つけられない妻で申し訳なく……。あ、もちろん娘はとても可愛いと思います。（親の欲目）

そして、この作品にお付き合い下さった皆様に、心から感謝申し上げます。

未だ鬱々とした日々の中にありますが、どうかこの作品が、少しでも皆様の気晴らしになれることを願って。

クレイン

蜜猫文庫をお買い上げいただきありがとうございます。
この作品を読んでのご意見・ご感想をお聞かせください。
あて先は下記の通りです。

〒102-0075 東京都千代田区三番町 8 番地 1 三番町東急ビル 6F
(株)竹書房　蜜猫文庫編集部
クレイン先生 / すがはらりゅう先生

冷徹王は秘密の花嫁と娘を取り戻したい
遠き楽園の蜜愛の証

2021 年 6 月 29 日　初版第 1 刷発行

著　者　クレイン　©CRANE 2021
発行者　後藤明信
発行所　株式会社竹書房
〒102-0075 東京都千代田区三番町 8 番地 1 三番町東急ビル 6F
email : info@takeshobo.co.jp
デザイン　antenna
印刷所　中央精版印刷株式会社